中 国 好 诗

第二季

马新朝 …著

响器

中国青年出版社

《论语·雍也篇》

子曰：知者乐水，仁者乐山；
知者动，仁者静；知者乐，仁者寿。

长天长出版基金由西安交大长天软件股份有限公司暨江苏天长环保科技有限公司董事长林宣雄先生发起成立。其宗旨为资助优秀原创文学作品的出版，藉以达成"欲行生态环保，必启心灵环保"之理念，促进社会环境和自然环境之友善和谐。

特此鸣谢长天长出版基金资助本书出版

马新朝 诗人，书法家。出版有诗集、书法集、报告文学集、散文集、评论集等多部。曾获第三届鲁迅文学奖、第四届闻一多诗歌奖、《人民文学》奖、上官军乐杰出诗人奖、首届杜甫文学奖、《莽原》文学奖、《十月》文学奖等。作品被翻译为英语、日语、韩语、阿拉伯语等多种语言在国外发表。

图书在版编目（CIP）数据

响器／马新朝著． –– 北京：中国青年出版社，
2016.6（中国好诗．第二季）
ISBN 978-7-5153-4233-7

Ⅰ．①响… Ⅱ．①马… Ⅲ．①诗集－中国－当代
Ⅳ．① I227

中国版本图书馆 CIP 数据核字 (2016) 第 136353 号

责任编辑：彭明榜
书籍设计：孙初＋林业

中国青年出版社　出版　发行
社址：北京东四 12 条 21 号
邮政编码：100708
网址：**www.cyp.com.cn**
编辑部电话：(010) 57350506
门市部电话：(010) 57350370
北京科信印刷有限公司印刷　　新华书店经销

889mm×1194mm　1/32　6.5 印张　115 千字
2016 年 6 月北京第 1 版　2016 年 6 月北京第 1 次印刷
定价：39.00 元

本书如有印装质量问题，请凭购书发票与质检部联系调换
联系电话：(010) 57350377

闲置或发声的响器，或幻象平原

◎ 霍俊明

很久了，我没有再写颂歌。
这世间，值得称颂的事物已经很少
——马新朝《向下》

响器！实际上就是婚丧嫁娶（红白喜事）时中原地区所使用的唢呐以及连带的锣鼓等乐器。响器，在中原文化中更多地是与"死亡""追悼""祭奠""叫魂"联系在一起，"响器是村庄里一再论证的中心／是魂，是命"。这是一种显得非常吊诡的乐器——面对永恒逝去之物的哀鸣，面对永远沉默之物的发声。

在马新朝的"平原"这里，我们会听到或现实或虚幻的诸多声响——响器的哀鸣、木鱼声、"最小的噪音"、风沙声、雪落声以及故乡人和异乡人的呓语，而更多的时候却是默片。

当我们将这些长久闲置的响器和偶尔发声的响器置放在广阔空无的豫中平原上的时候,我们更多地是与冷飕飕寒风与无边无际的静默相遇——"死去的噪音","夜晚,平原上的人/不要问风的事情,不要弄出响声/把平原让给风/假若你听到一阵狗叫,那是/骨头复活的过程,那是风/代替骨头在走路/平原上的风,蓬头垢面/有的在哭喊,有的在大笑。"

那么,在充满了现实境况和幻象的平原上,悦耳的或哀鸣的响器之声何在?诗人如何能够揭开幻象重新找到真实的"母腹"和精神的"生殖"?

我在马新朝这里不断与暗影和沉默相遇,"他的话越来越少,后来只剩下骨头"。

这是一个拨开喧嚣和浮光而渐渐沉入遗失殆尽的乡土事物本质内核和精神内里的写作者。这个诗人用"最隐秘的噪音与它们对话"。诗人的疑问、自问和追问给我们撕开了这个油腻腻、软乎乎情势下被遮蔽的冷峻和残忍的一面——"用词,把谎言和恐怖/——固定在年代的/塔尖上"(《曼德尔施塔姆》)。

马新朝诗歌的关键词和最核心的空间就是"平原"。

这一"平原"是幻象和现实的结合体,其中最具象征性的空间是"马营村"。"马营村"在马新朝的写作中高密度的反复现身，这甚至让我想到了乡村的漆匠——每年给停放在院子里的油漆剥落的棺材重新刷上红色。而世代生活其间的人也是一个个"移动的平原"。这一平原具体而抽象，诗人不断深入（"低下""地下""深处""返身""深入""沉入""下移""低矮"成为关键词）、折返又不断满面狐疑，"即使站在塔顶也看不到我的村庄／我在塔内找到了。那是第十九层幽暗的接缝处／一个爬行的小虫子"。

平原，并不纯然是马新朝的精神容器而更像是一个个碎片。诗人此刻的使命就是将这些碎片粘贴起来，重新使之成为"整体性的记忆"，而这近乎不可能——"它闭着眼／力量向内压缩／锈蚀的部分护卫着／活着的部分，有时又互为转换／现在，地平面上的树，鸟声／在喊它，村庄停泊在不远处／它一时缓不过来，意识／仍在忘川里，需要一点一点地／抽回／／陶罐里盛着空无／风，人影，在边缘的内侧晃动／裂口处，流出隐隐的喊声。"

尤其是秋冬时节的平原，一切光秃秃的一览无遗。也许只有在寒冷的时节你才能真正认清你过于熟悉又熟视无睹的平原和村庄。

我记得早年乡下，一到秋冬时节，身体强健的农人便从村庄里扛着斧头、镐头出来。他们要赶在雪落前将那些裸露的树桩劈砍、挖掘出来。我记得那时他们大汗淋漓，棉袄都蒸腾着热气。现在看来，他们不仅是乡村真正的挖掘者，而在精神隐喻的层面他们是乡村的诗人——必须挖掘、必须忍耐寒冷。

对于马新朝而言，这是一个在空荡荡的广阔而低矮的平原上的追述者和凭吊者。毫无依凭可言的时刻诗人只能将自己置放于平原高处，任秋风吹来，冷雨袭来。站在高处，是为了更深地向下探望："我返身向下，看到泥土，这身子下，脚下／还有屁股下的泥土啊，越来越低／人越高，泥土就越是低下。我返身向下／看到了宽厚的母腹和生殖，我向里边／喊了一声，有着人世的回声，敲打着木鱼／大平原上，一眼望穿，神，无处藏身／神就居住在泥土中，并在泥土里／写下箴言、万有和律条。泥土躺着／关闭着永恒的门，从不言说／它们由微黄，深暗，和一点点／潮湿的颗粒构成。察看黄土，你／不能用眼睛，只能用心，用命／你只能返身向下，碎成它们中的一粒。"只有如此才有可能容纳身世和来历，容留"故地"与"远方"，"所有的房檐都低着，所有的人／都躬着身子，这遍布生殖和雨水的平原啊／没有一个高处，没有一个高处可以存放／消息，存放血，存放远方"。有时候可以说诗人是时代的"异教徒"。他是在寻找和确认，还是在怀疑和逃离？对于平原和故地，精神难以安顿的诗人只有去重新发现，此外没有任何别的精神之路。

马新朝的写作重心投注在那些时代的"边缘之物""废弃之物""沉暗之物""静默之物"上——"幻象平原"。

这是一个夜行者——夜行者必须具备良好的听觉和视觉以及感受周边事物的细察能力,"在平原的夜晚行走,你常常会遇到这种／失散的马匹,没有骑手,没有地址／／它们选择那些没有灯火的乡村土路行走／不走高速公路,白天就会潜入黄土深处数公里"。这个暗夜行者让我想到当年鲁迅笔下那个黑衣人——时间荒原上孤独而决绝的行者——"约三四十岁,状态困顿倔强,眼光阴沉,黑须,乱发,黑色短衣裤皆破碎,赤足著破鞋,胁下挂一个口袋,支着等身的竹杖。"而黑衣人所处的环境如同废墟和绝路,"东,是几株杂树和瓦砾;西,是荒凉破败的丛葬;其间有一条似路非路的痕迹。一间小土屋向这痕迹开着一扇门;门侧有一段枯树根。"

对于马新朝而言,这一夜行者是时间和生命的过客——是否也是"乡土中国"的过客呢?正是在寓言与现实相夹杂的话语方式下,马新朝在当下与历史的衔接地带重新发现了暧昧而隐秘的榫接点。由此出发,他呈现的必然是"记忆之诗"——"平原,一刻不停地消化着／历史和记忆只剩下一两点细小的灯光"。而面对"没有记忆的人"这些"记忆之诗"又大抵产生于现实废墟(古宅、旧宅、拆迁、地层、

白骨）与记忆涣散，"于身体里收拾旧山河／我有
十万兵，村东连绵的山峦／村西睡着的洄水河，我
统领它们／拯救即将到来的，或已经到来的／它们
以日子的面目出现／外面阳光包裹，内里鬼影重重"。
记忆与衰败是连接在一起的，而这一记忆就必然带
有自我精神救赎之义。

而这种"记忆之诗"在当下并不乏见（只是水
准高低不同），甚至"现代性乡愁"放置在新世纪
以来的写作语境中又不免让人忧虑。尤其是在低层
写作和一些追摹者那里，那么多的"苦难""乡愁""愤
怒"构成的是"廉价"的伦理化写作。我这样说并
不是诗人不能抒写苦难、乡愁和痛苦，而是在于与
此相关的诗作不仅数量惊人而且品相也惊人地如同
复制。如果一首诗没有发现性和创设性，而只是情
感的复制和新闻化的现实仿写，这还能称其为诗吗？
所以，对于时下愈加流行和蔓延的"新乡土诗"甚
至"城市诗"（也往往是以前现代性的乡村知识来
批判城市化进程，当然城市化在现实中有诸多值得
评骘之处）和伦理化写作我抱有某种警惕。这不仅
来自于大量复制的毫无生命感和个人化的历史想象
力，而且还在于这种看起来"真实"和"疼痛"的
诗歌类型恰恰是缺乏真实体验、语言良知以及想象
力提升的。换言之，这种类型的诗歌文本不仅缺乏
难度，而且缺乏"诚意"。甚至在阅读中我越来越

感觉到当下中国这些类似的诗歌所处理的无论是个人经验还是"乡土现实"都不是当下的，更多的诗人在自以为是又一厢情愿地凭借想象和伦理预设写作。这些诗歌看起来无比真实但却充当了一个个粗鄙甚至蛮横的仿真器具。它们不仅达不到时下新闻和各种新媒体"直播"所造成的社会影响，而且就诗人能力、想象方式和修辞技艺而言它们也大多为庸常之作。我这样的说法最终只是想提醒当下的诗人们注意——越是流行的，越是有难度的。

回到马新朝的诗歌，我却在这个时代流行的文字之外发现了那些寂静的阴影和更为深沉与隐秘的部分。我看到在黄昏即将收起光线的一刻，一个人正弯腰俯身拔起那些阴影里的稗草。渐渐暗下去的瞬间，他打量那些无用之物的根系和泥土。也许，这正是诗人的精神寓言。以此写作情势再来看马新朝，他并不是一个"乡土诗人"，在他这里即使反复涉及乡土空间，但是他的写作证明了诗人与空间的关系，甚至这成了他近乎宿命性的关系。

诗人与词语的生命性关系在马新朝这里得到印证。

与此同时，马新朝的诗歌越来越呈现为时间体验与内心冥想的精神对应。马新朝在抒写显豁的平原（乡村）、城市等现代性空间主题的同时，在对乡土沦丧和城市扩张抱有忧虑和痛感以及荒诞性体验的同时（"钢筋水泥正缓慢地渗入我的肉身""发光的物体正在成灰"）也将关注点投注到生命个体的深处——存在感、时间性的焦虑与和解，生命单行道上的茫然自忖与释然对话。这必然是关乎生命和内在性自我的"时间之诗"（比如《法王寺，与古柏》《高度》等诗）——"我小小的心脏里／也住着神的气息，并经过／无数次的闪电刀劈／也像这个黄昏般陡峭。"

　　这个时代的不安、孤独、痛苦和无根的彷徨不纯然是城市化时代遭致的"离乡感"，而在于地方性知识丧失过程中我们无以归依的"精神故乡"。我们将继续在文本世界中寻找文化地理版图上渐渐暧昧不明的基因和根系，寻找我们已经失去的文化童年期和前现代乡土经验的摇篮。多么吊诡的命运！我们必将是痛苦的，我想到了马尔科姆·考利那代人的命运——"他在寻找已经不再存在的东西。他所寻找的并不是他的童年，当然，童年是一去不复返的，而是从童年起就永远不忘的一种特质，一种身有所属之感，一种生活于故乡之感，那里的人说他的方言，有和他共同的兴趣。现在他身无所属——自从新混凝土公路建成，家乡变了样；树林消失了，茂密的铁杉树被砍倒了，原来是树林的地方只剩下树桩、枯干的树梢、枝丫和木柴。人也变了——他现在可以写他们，但不能为他们写作，不能重新加入他们的共同生活。而且，他自己也变了，无论他在哪里生活，他都是个陌生人。"（《流放者归来》）上个世纪三十年代的美国人在痛苦地经受"失根"和"离乡"的过程，而今天城市化境遇下的我们似乎也不能避免。

在《响器》这本诗集中，马新朝在日常或想象性的"平原""乡村""城市"地带并没有像以往诗人那样给"光"覆盖种种的意义和象征，而是在类似于精神漫游和极其细微的观察和考量当中将"光"与"存在""真实"融合在一起。诗人不仅注意到"黑暗"与"光明"之间的复杂存在（二者不仅界限模糊而且还容易形成种种假象），而且那句"不要赞美"深深震动着我。因为我们面对那些强大的象征之物（比如大海、太阳、光、时间）往往轻易地发出赞美和敬颂之心，而正是这种惯性的认知和写作思维使得诗人失去了个性。这也必然导致大量的诗歌文本的短命。在马新朝所迎设的"光"里，我得以与那些曾经无比熟悉的"朴素之物""日常之物"相遇，与那些沉暗的命运相遇。

这可能会引起阅读者和评论者的一些疑问——这些事物太过于司空见惯了吧？现代诗人不是都在反复抒写吗？然而我们循着"光"和这些熟悉之物继续深入和探询就会发现另一种空间和深意——这些曾经无比熟悉和亲切的温暖之物正在消失或已经

消失。在"光"中我们看到的是当代有着乡土经验和前现代性情结的诗人的集体追忆和黑暗质地的挽歌——乡土经验已经成为一个个碎片。这是诗人对一种"根性"存在的寻找和返回，尽管我们寻找的正是我们所永远失去的。似乎诗人都处于一个悬崖地带，只有两种选择：停在此处或者跳跃过去——而结果都不容乐观。这又让我想到那句话——过去的人死在亲人怀里，现在的人死在高速路上。在"光"那里我们目睹的却是无尽的寂静阴影和沉默的伤痛。这正是诗人在平静的抒写中所要发出的利箭般的追问。在此，我们可以认定马新朝所要做出的努力就是拨开那些光和颂词来寻找那些寂静深处的阴影和沉默。循着这些"光"继续前进，我们又在寒噤中领受了死亡的阵痛和更具生命感和玄思性的光明与未明的黑暗。马新朝恰恰在后退式的不断寻找新时代的"废弃之物"——比如："马营村"，"假若我往后退，后退／马营村一定是我最后的屏障，最后依靠的／亲人。到了那一天／它会瞬间站立，和我抱在一起。"

在这些不再被时代聚光灯关注的场景和细节中的人事里，诗人在不期然间同时与历史和现场相遇。这些场景和细节既是记忆的历史的又是具有穿透现实和当代的精神膂力的。这种看似日常化的现实感和怀旧精神正在成为当代中国诗人叙事的一种命运。

在这种精神事实和词语现实当中我们能够反观当下
的诗人写作远非轻松的一面。对于地方性知识和废弃
之物的寻找实则正是重返"精神主体"的过程，而
吊诡的是众多的诗人都集体加入到新时代的合唱当
中去——他们企图扮演文化精英、意见领袖、粉丝
代言、全球化分子、自我幻觉、中产趣味、底层伦理、
政治波普和江湖游勇。而随着城市化进程的加速、
加剧以及文学自身生态的变化和调整，无中心时代
已经来临。愈益碎片化的"个体"、精神境遇和建
立于"遗弃之物"基础之上的"地方诗学"遭受到"除
根"的过程——"没有了指向和地址，泥泞的／路，
长时间地在原野上，蠕动，摸索／有时，也会变成
人，混迹于城市的楼群中。"诗人在城市喧闹的街
头和梦境的荒原中继续寻找和诘问——谁也不能让
一个诗人停止在内心充满旧日的时光和堆积"旧物"。
我提请注意的是马新朝在诸多沉暗的空间里呈现了
这个时代特殊的"地方性知识"。这种知识不是地
理和地域的观光手册，而是真切的与出生地、故乡、
乡土中国、生命成长史和精神见证史焦灼在一起的
精神胎记。这需要的就是个人化的历史想象力——
只有具有开阔的场域观念，才能将历史、现实与个
人在词语世界中融合起来。这方面的代表作是《幻
象平原》《唱戏的乞丐》："紫荆山公园假山的背
后／一个乞丐在唱戏／／他从前朝回来，怀抱着上朝

的笋／豫剧唱腔里，小姐，丫环们／围着他的车辇／／现在，他坐在枯草上／与落日，与冰雪，与梦，与一只破碗／构成了这座城市的一小块贫困。"

在"平原"，我们目睹了一个又一个幻想，遭遇了一个个苦苦寻找存在依据的黑夜行者，也领受了一个个暮晚和赏夜时分的灰烬般的沉寂。

在马新朝这里我们能够发现这种地方性知识带给我们的是不容乐观的酷烈现实以及时时被撼动的脐带式的记忆——宅基地、寨墙河、旧仓库、旧时的门槛、旧草帽、无水的池塘、废弃的厂院。这是否如当年的一个诗人所喟叹的"唯有旧日子带给我们幸福"？这顶旧日的破烂的草帽是否能够阻挡新时代的烈烈酷阳与扑面呛人的城市粉尘？

我们都不自觉跟随着新时代的步调"前进"，但是很少有人能够在喧嚣和冷眼中折返身来看看曾经的"来路"和"出处"。而即使有一小部分人企图完成重新涉渡的过程，他们又很容易地成为了旧时代的擦拭者和呻吟的挽歌者。在我看来，一种合宜的姿态就应该是既注意到新时代和旧时代之间本不存在一种界限分明的界碑，又应该时时警惕那些时间进化论者和保守论者的腔调。当明白了时代和历史、现场和记忆、个体和时间之间不可分割的一体存在的事实，我们就能够在马新朝近期的诗歌中发现那些寂静的阴影和沉默的份量。

　　而对于那些宏大之物和遗落之物，还是暂时让我们搁置顺口违心的颂词而暂时或长久地保持沉默吧！因为对于诗人和语言而言，身边之物更为可靠，内心的纹理最为真实。诗人即使对于自身的存在也要学会时时倾听那些不同甚至分裂的声响。因此，正如诗人自己所言——"大多数时候，我保持沉默"。

目录

第二辑　我看到那么多的逃离

第三辑　盛产语言的时代

第四辑　黄土封门

第一辑

一条河的感受

复合的人

响器

他想独自呆一会，清静一下
他试图剥离自己，把体内众多的人脸，众多的
嗓音，众多的车辆，光，速度，扬尘
剥离下来，但没有成功

他无法成为纯粹的人
他是一个复合体，混浊，迷茫，独自坐在灯光下
身体仍然是一条交通繁忙的敞开的大街

幻象平原

1
平原上无法藏身，别的事物为了显现
往往会寻找一些替身，那些移动着的人和树，也许
并不是他们自己

2
跟着风跑，或是结在光线的枝头
傍晚，它们挤在一条乡土路上，晃动，变形
活着的，死去的

3
平原上依旧保留着
月亮的圆，和它的光辉，像一件旧的仿真古董
内容已被掏空

4
一个人不断被删减。减去枝叶的繁华
词语的修饰，减去内心的风暴，使他不再摇晃
他的话越来越少，后来只剩下骨头
在大地上行走

5
散落，碎成大地
因无力收拢，而四处流淌

即使站立起来，也是一个失败的人

6
四野茫茫，像摊开的帐本，无人翻动
河不在河里，水不能在水上行走
三两个坟茔，缓慢地移动

7
没有了指向和地址，泥泞的
路，长时间地在原野上，蠕动，摸索
有时，也会变成人，混迹于城市的楼群中

我有十万兵

我起得很早
窗外，河汉无声
翻开一本书，静坐。等候已久的文字
于微光中一齐回过头来，看着我
我把伸出来的词义捺回去
于身体里收拾旧山河
我有十万兵，村东连绵的山峦
村西睡着的涧水河，我统领它们
拯救即将到来的，或已经到来的
它们以日子的面目出现
外面阳光包裹，内里鬼影重重

唱戏的乞丐

紫荆山公园假山的背后
一个乞丐在唱戏

他从前朝回来，怀抱着上朝的笏
豫剧唱腔里，小姐，丫环们
围着他的车辇

现在，他坐在枯草上
与落日，与冰雪，与梦，与一只破碗
构成了这座城市的一小块贫困

身子的下面是冻土，冻土的下边
三千年前是商代王朝，二千年前是汉代王朝
一千年前是宋代王朝

三尺以下是陶罐，五尺以下是青铜
一只碗，来往穿梭，从 100 年到 1000 年
再到 3000 年，需要一小段唱腔的时光

梦醒来，唱腔停住，路灯点亮
碗内混浊的水已经结冰

只是没有一个王朝为他洗洗脸上的污垢
没有一个君王恩赐他一双暖脚的棉鞋

法王寺，与古柏

力和魂魄，在钟声里
荡漾，复活，上升
大殿前，有着某种神示
从人的角度看，从黄昏的角度看
古柏更像黑色的峭壁
握在神的手中。我读着你
作为一个人，一个肉体，一个
短暂的生命，我读着你
你不要有优越感，我小小的心脏里
也住着神的气息，并经过
无数次的闪电刀劈
也像这个黄昏般陡峭
我与你，只是不同的存在方式
和表达方式，我不要你
三千年，或两千年的高龄
我只要你：树干和枝叶的和谐
以及站立在人间的姿势

高度

平原空空，一个声音也没有
黄昏像一个道场，夕阳
敲着木鱼。

什么也留不住，即使一滴鸟声
万物隐循，人在散落
像内心的贫困

远处的小树林相互推诿，争吵
谁也不愿长高
村庄睡着

平原上没有高度
即使响器和驴叫，也像流水般
贴着地平面行走

一千年前的圣人，身子越压越低
板结，生锈的土地，是一篇展开的平庸散文
没有高潮，也没有结尾

我试图使用这些散落的光线，做材料
建一座思想的塔台，让它高于我的肉身
却找不到奠基的石头

响器

小四轮在院子里又蹦又跳
人们从车箱里卸下从集市上买回来的
冥纸，鞭炮，水果，纸人纸马

从邻村请来的响器还没有进村
就吹响了，像一群人突然的哭，金属的哭声
在平原上铺一层薄薄的冰

唢呐声领着人们的哭
上天入地，哭成了呼吸，姓氏，俗理
哭成了日常的行走，睡眠，思考

唢呐里有多少铁，远方一样坚硬的铁啊
哭声里就有多少铁，转过弯
又忽然柔情似水

没有人能挡住这哭声，这金属的哭声
姓氏的哭声，树木和牛羊的哭声
组成平原上的村庄

死者只与响器说话，风把它译成
远山近水，响器里人影晃动，响器里
有祖先的面容和话语

夜深人静时，冥火为路，死者把一生的
细软，财产，还有经历，一遍遍地搬进响器
沿着它那铜质的幽径

送葬的人群不走小路，只走大路
响器是他们的黑棉袄，棉褂子，一代一代人啊
在响器里进进出出

崤函古道

一条路死了
不再有一个思想通过

它的首尾被砍断，只剩下
中间的这一小段，扔在向西的一个
斜坡上。一本长满了荒草的旧书
无人翻阅

一条路死了，村庄四散
只有一些风化的石壁，仍在西望长安
看太和殿的圆顶上，旋转的黄金
控制着当年移动的车轴

打碗花封住了
诗歌和经卷，白脸山雀从前朝飞来
一路哭着，看三五个怀古的人，三五种
幽怨，汇集在这里

一条古道，学会放弃自己
一定与那些远山，湖泊，村庄，灯光，桃树林
联盟过，抗争过，只是那些血和羞辱
无人知晓

傍晚，山羊在石化的车辙里喝水

细品着枯草上的铭文，老羊倌坐在高处
怀抱羊鞭，看三五个怀古的人，三五种幽怨
在暮色中荒芜

响
器

到了那一天

很多年了，音讯全无
我知道马营村还在。那里的杨树和椿树
小心地生长，到了一定的高度
就会被砍倒。然而，到了那一天
它们都会重新回来，立地顶天

那里的亲人已经四散
没有地址，没有电话，名字也开始漫漶
有的长眠地下，有的在南方下苦力
然而，到了那一天
他们就会重新聚首，瞬间成为一个脊梁

那里的小猫小狗，还有鸡鸭，飞鸟
已经互不相识，零落成泥
到了那一天，它们都会从原路返回
组成一个新的联盟

假若我往后退，后退
马营村一定是我最后的屏障，最后依靠的
亲人。到了那一天
它会瞬间站立，和我抱在一起

夜晚的风

响
器

夜晚，平原上的人
不要问风的事情，不要弄出响声
把平原让给风
假若你听到一阵狗叫，那是
骨头复活的过程，那是风
代替骨头在走路
平原上的风，蓬头垢面
有的在哭喊，有的在大笑
有的风像屋脊兽那样
岿然不动。风，走走停停，像是在犹豫
有的在狂奔，追赶身前身后事
有的从城里回来，数着血红的人民币
不同的风，来自不同的物体
不同的地域，有的很老
来自一百多年前，有的好像是
刚刚长成，摇晃着走路。

夜晚，平原上的人
不要问风的事情，不要弄出响声
把平原让给风
你听，鬼魂们正在一起用力
晃动着大地。万物移位
石头和树都不会呆在
原来的地方，河流倒挂天空

假若你遇到那个行走的人，不要问话
它一定是你前世的仇人
假若是一头奔跑的牛
你用刀子捅开它
肚子里流出的一定是黄沙
蓬头垢面的风啊，假若它喊出
你的名字，那一定是在叫
黄沙，尘土

中 国 好 诗

第

二

辑

看上去

看上去还是原来的人，原来的屋顶，原来的路
看上去还是原来的小院，原来的猪槽，原来的门窗
——内容已空

起风时，人就变形，人走着，像飘摆的脏布
土堆上的鸡鸣声里，血色素少了几分
爱情去了外地，水在河里没有动力
一个瘫了的身体

阳光太重，在村南一带午后的寂静中塌陷
一把铁锹靠在裂缝的土墙上回忆着——
骨头，铁，乡俗，还有亲情

梨花园内

梨花从河水中来，聚在村子南边
向村子里张望

梨花丛中，那个对着梨花高声演讲的人
受到了梨花的抵制

梨花阵阵，如雨，如风
用小小的嘴唇抗议

梨花阵阵，如水，如血
暗含着小小的真理

梨花的语言，不规则，轻盈，散落在泥土上
柔软，飘香，成为不明事物的地址

梨花阵阵，响成一片，大地的身子
水的身子，穿着小小的衣裙，短暂的衣裙

它们掠过

唐宋元明清，或者更远一些
三千年，五千年，经过这片平原时
都是跑步通过，紧张，急促
骑马挎枪，火焰的速度，马蹄的速度
或是铁锈的速度，从泥泞的车辙上，掠过
它们掠过，并很快消失，平原上的事物
大多是临时的，短暂的，不会持久
像电影中的特写镜头，很快就会
转换成别的场景，也不会在漏锄上
留下印痕。黄昏中的人，树，灯光
焦急地晃动着，他们掠过，并急于离去
还有那些游魂，暗处的目光，幽怨
急于离去。我跑遍五州十八县
所有的房檐都低着，所有的人
都躬着身子，这遍布生殖和雨水的平原啊
没有一个高处，没有一个高处可以存放
消息，存放血，存放远方
那些太新的房屋，路，让人心生疑惑
零乱的紫槐，矮矮的酸枣树
不可承载，它们急于离去
它们总是在长大之前，先被按倒身子
树液从枝干中下移，注入根部
再流入土地。它们掠过
并急于离去。平原的那边是村庄

村庄的那边还是平原，空空的
什么也没有。没有一个思想
也没有一个记忆

夜行人

流星坠落平原后
会很快起身，变成别的事物
树，未必是树，人，未必是人
那些在幻影中晃动的人，树，池塘
天亮时，也许只是寒冷中颤抖的几点云影

平原上的夜行人，不要说话
平原会把你的嗓音放大，一层一层地传递到
黄土的深处。黄土下的灯盏
是黄土之上灯盏的倒影，它们呼应着
有时在水中挽着手

握着自己的名字
以防它丢失。平原上的夜行人，不要说话
不要相信灯影中递过来的那些纸条
人的话，鬼的话，难以辨别

风在巡道
风知道大平原的性格和禀性，以及众多的准则
日日年年，它耐心地打磨着一些高处的东西
——屋顶和响器，让它们
平复下来

一个人体内难免会有高山和大海

夜行人啊，风会告诉你，不可贪恋高处的事物
夜间在平原上行走，不可与
过高的事物同行

冬日，陪友人游黄河

防洪大堤长久地陷入虚拟和传说

往大堤内走
河水很瘦。房屋，树，小路，饮烟
麻痹着过往的历史和教科书，村头，一位坐着的
老人，从侧面保持着礁石的姿态

风推着沙滩，转动。死去的人，牲畜，长虫，记忆
不断地从细沙上起身，向远方
走去

往大堤内走
数墩被人割过的巴茅苲子下面，河水还在收缩
那深色的缓慢，凝重，是溶化的金属
向内燃烧

河水仍在收缩——像少林寺的僧人们
行气，运力，练习内功

清扫内心

神的事情，由神去做
人的事情，由人去做

神，一般不会站在高处
他讲话的时候，也不用扩音设备

神，不使用自己的嗓音
他让人们说话，自己行走在暗中

人在做神的事情时
神就不在了

神存在于无
他用无，涵盖人世的灯火

有人说，神
也存在于每个人的体内

因此，我最近注意卫生
时常清扫自己的身体和内心

看望病中的大哥

我们三个人，大姐，我
还有村西头的马玉中，我们三个人
三股气流合在一起

三个人带着亲情，带着各自不同的
风和雨。带着东西南北
拯救和力量

寒暄，点头，安慰
三个人，把村中的鸟声和虫鸣聚在一起
把村中的牛羊鸡鸭聚在一起

三个人合在一起，一个人变成三个人
三个人都在放大，生长
三个人变成一个人

三个人围坐着
骨肉为砖，亲情为瓦，在三个人之间
再造一座美丽的村庄

三个人围坐着
你一言，我一句，挖掘着村庄深处的
黄金和火焰

三个人是三棵树，
三个人是三个季节的庄稼，三个人围坐在一起
围着床榻前大哥的病

陶罐

它曾经在泥土里走得很远
几乎淹没了背影
经历过死亡，黑暗，忘川，火焰
与沙土，潮湿，小虫子
有过漫长的交谈
在成为泥土之前，它又被
喊了回来

它闭着眼
力量向内压缩
锈蚀的部分护卫着
活着的部分，有时又互为转换
现在，地平面上的树，鸟声
在喊它，村庄停泊在不远处
它一时缓不过来，意识
仍在忘川里，需要一点一点地
抽回

陶罐里盛着空无
风，人影，在边缘的内侧晃动
裂口处，流出隐隐的喊声
几个考古队员
走进去，再也没有出来

他们据理力争

籍贯：马营村；出生：1935 年
体重，38 公斤；职业：务农
这就是大哥的理由

据理立争，互不相让
大哥与那位远道而来的陌生使者们谈判
在他体内的一公里处

他们的谈判，时而停止，时而继续
有时争吵，有时妥协。大哥在愤怒时
把一只盛有中药的瓷碗摔碎

后来，他还是放弃，不再抗争
死亡那无边无际的说辞，从他的体内
向外面缓缓地渗透

我坐在他的床边，拉着他的手
他体内的黑暗，如铁
从不知道的远方汹涌而来

他就要离开了，先是关掉了原野
关掉了水面上的光，他很吃力，也很累
最后才关掉了我和亲人们

我的脸

我的脸在衰老
就像挂在门口的牌子，被风雨
漂着。它只是我的一个符号或标记
在人群中漂浮。我活在我的思想或想法里
我的思想，是用平原上村庄的梦
还有远山的阴影作为营养，让它一寸一寸地
生长。虽然我的眼睛已经老花
但我用自己的思想呼吸
用自己的思想看你们，看这个人世间
就在今天，就是现在，我感到自己
很强大，我可以把杨树，柳树，还有更远处的
那些酸枣树们召唤在一起，用土地深处
最隐秘的嗓音与它们对话
我说，我知道你们的身世和来历
你们所走过的脚印，都留在我的诗篇中
就是此刻，我突然升高，高出遍地灯火
高出人类全部的苦难
我的形体里闪烁着理智和人性之光
这一切，脸并不知晓
我对它说，我不怕你的皱纹
只要你仍是一张人的脸，有着正常的
人的五官，以便区别于
其它的动物或者野兽

我独自溜出来

我独自溜出来
溜出会议，溜出你们的视线
溜出你们的灯光，嘈杂
还有你们教科书一般的人脸，和猜忌
我一个人走着，走在空旷的原野上
没有人，也没有读者
枯草在返青，蓝天高而远
没有眼睛注意我，那些高大的
人形的建筑物，也离我很远
我放下了自己，放下荣辱
内心突然有些茫然
一个人坐在河边，脱掉外衣和防护层
里里外外，脱掉尘世的
热情，冷漠，和赞赏
裸露出自己的胸脯，体毛
和全部的真实。我看到它们在阳光下
发红，萎缩，张扬
然而却柔软，人性

逃离的石头

响器

洛水干涸。人们为了观光
筑起了橡胶坝，储水。满满的洛河水
看起来有些不真实
没有了水的筋骨和魂魄
穿着一件借来的衣裙
北岸十万尊佛像，石头的皮肤
石头的表情，时光和寂静板结在一起
人难以进入。漫漶的字迹
写着神谕，它们正在远离，收拾着
散落在大地上的遗物和箴言
收拾着灯火和记忆，千百年来
毁坏，盗窃，加速着逃离
向石头里逃离，向空无逃离。现实过于强大
遮蔽着无限的佛光，它们只留下
僵硬的背影，在流亡的途中
午餐时，同桌的那些人
突然陌生，石化的身子，石化的表情
穿着石头的衣裙，在各自的座位上
说出的话，硬硬的，也像石头
也像是逃离

一条河的感受

一条河，一条具体的河，抽象的河
从你们中间流过

你们中间的那些事，人间的事，争吵，然后妥协
获得，然后又失去，身体像楼房那样
建了又拆；诗歌对于影子，以及哲学家们
对于意义的攫取——这就是一条河
被毁坏的经过

一条河，被毁坏，不像是一条蛇，先打它的七寸
而是从后面开始，从尾巴开始，从边缘开始
慢慢地移向中心

即使最小的一个嗓音，也能抱着河，河一定会经过
欢乐，再流入它自己的光芒。一条河，被毁坏
并消失，就像一个人重新成为乞丐

我在听

嘘，别出声，我在听
听别人，听自己
听世界在我身体内走动
微弱，隐秘，一棵柳树，声若游丝
虫豸们吃着梦，梧桐树闪开路
等待着有什么到来。那么多地址
在暮色中起伏，晃动。人脸忽明忽暗
沉思着，老谋深算，游移不定
有混同于无，无混同于有，酒杯
四散，参加聚会的词语混同于一般的
文章结构，一只苹果，打开屏幕
阴郁而没有内容。像是在等待
廊柱间也没有回声，时间没有级梯
世界也没有把手

美景

繁花深处，一排椅子
我却不能安详地坐下来，享受清风，阳光

有一个声音在我的耳边催促着：快走，快走
你不能停留，你只是个过客

美景，阳光，在身后流逝
我只是它们的阐释者和传递使

我无法安顿下来，每天每时每刻
都在忙着搬迁，赶路

即使坐在自家的椅子上
今天和明天也不会出现在相同的语境

我一生都在证明自己，忙着填写简历
填写籍贯、学历、年龄、婚否

在窄窄的关卡，在时光的接缝处
我把自己小心地递过去，满脸陪笑

可怜的肉体，灵魂，仍在一日千里
我无法让它们安顿下来

县医院

他们曾经是站立着的人，站立着的庄稼
站立着的树和房屋
现在倒下了

二十几个人倒在一起，他们中间不再隔着
风，雨，或者土地，他们挨在一起
床与床之间是沉默

二十几根细管子，从它们的身体
通向一面共同的墙壁，坑凹处，结着细小的蛛网
他们相互猜测着

窗子太小，开在高处，二十几道目光
拥挤着出去，捆着了一只雨中的灰麻雀
树枝在风中晃

夜晚，陪护的亲人们，坐在小木凳上睡着了
二十几道目光，从窗外收回
在天花板上，盯出一团团的黄斑

泥泞从病历单上滑过，控制着
床头上的名字，曾经在枝头上年年结果的名字
被外面的汽车轰鸣声拖远

时光走得很慢
不爱说话的白大褂，保持着县城里少女们的矜持
和不远处木塔的神秘

二十几个人，年老的只有眼睛可以动
最小的孩子，只剩下咳嗽，他们的命放在一只
托盘里，端来端去

消息

很多年了，我害怕雪粒下
北风剌剌的声音，害怕黄土里灯火的影子

郑州，马营村，300 公里
像隔着 1300 年

杜甫说：家书抵万金
可如今，家书里已经没有含金量

很多年了，那里已经不再有好消息
一个电话或短信，就能刺疼我的一天或是一年

但我还是要倾听，经五路四楼的那个旧宅
像一只巨大的耳朵，日夜悬在半空

村里的秋风流水已不再认可我的母亲
鸟声和虫鸣已经疏离了大哥、嫂子还有侄儿们

疾病，贫穷，宅基地，羁押着他们
我是他们唯一的岸，唯一能够接受坏消息的人

怀庆古宅

这里有一条回廊，通往
清朝，皇帝的御旨还在不断地往来传送
马蹄声惹不起尘埃

我无法走进
旧时代留下的回环地图，蛛网右边
拐角处有着模糊的雕梁

阳光里，重檐下的浓荫
有着黄河下游宽广的河滩上细沙的清凉
像一件旧时的衣裳

高大的院墙内
守护者是四少女
他们分别是山药，牛膝，地黄，菊花

还有四位老人咳嗽着
不断地收缩，一步一步地走向更深的内宅
他们分别是裂缝，青苔，马蹄，记忆

古宅外，是一米多高的阳光
是眼睛，欲望，速度，裹着奔跑着的小四轮
一遍一遍地向这里冲锋

游巩义杜甫陵园

巩义这地方
山不像山，平原不像平原

沟沟坎坎，村落平舍
起伏在杜甫的诗中，并产生韵脚

历史走到这里，不再轻浮
有着黑铁的重量

那个著名的剪影，黑铁的剪影
就站在守门人一阵猛烈的咳嗽声中

我不知道老杜甫，在我的身体里
放下了什么，一千多年后——

我站立的姿势，语言
以及声音，思想，都在向他倾斜

我，以及我周围的衰草，夕阳
可能是他尚未完成的残句

响器，离难，捉人的吏，血光，瘦马
秋风的河，被固定在汉语中

冷冷的小北风啊，来自他的诗篇
把我和游人们吹成了碑文

仍在行走，陵园内的松柏纵有一千种泪水
也都来自他那双混浊的眼睛

我看到仍在燃烧的，是他的耿耿白骨
在他的陵墓内，千古不息

阅读

夜，一只老鼠
在谷仓的拐角处阅读，猫在沙发上
阅读。它们代替人，阅读着经书
或是过往的典籍。黎明之前
它们会写出自己的观点
刊行于世

她们走着

路灯亮了。她们走着
我看到那么多死过的人
年轻的，年老的女人，又缓了过来
她们外表光鲜，体内
遍布伤痕
这些由来已久的伤痕
用长裙，短裙，套裙，半截裙
或是微笑，漠然，掩饰着
她们走在马路上

她们走着
笑着
像一些幸福的人
我惊疑于这些疤痕，伤疼，屈辱
被她们掩埋了这么久，这么深
像是许多尖锐的地名
封存着，无边，深远，危险
是很多事物的源头
或是终结，是我一些诗句的
起因。她们走着

第二辑

我看到那么多的逃离

火焰

这些年，村庄在下沉
往土里沉，风里沉
响器喊住了它

响器在走，在哭
蘸着血
一遍遍地擦洗着黄昏的屋脊

响器沿着土坯墙
抚摸着那些含有泪光的杨树叶
和虫鸣细微的断裂处，用铜色的细丝缝合

响器在风中拦着我
在我身体里放下一些紫色的金属
以及姓氏，俗语，墓碑上消失的名字

今夜，沿着铜质的小路回来的
是又一次活过来的亲人们，他们重新
把田里的苗扶正，让鸡鸭入笼

响器是村庄里一再论证的中心
是魂，是命
是一再燃烧的火焰

在与不在

在我平庸的日常生活中
从没有看到过神迹

在无限和有限的深处，在光明和黑暗的连接处
那里是否有着神的居所

在人类最伟大的诗篇里
神，是否站在某一个词组的后面

就是现在，我在观察一棵梧桐
向南伸的那些枝桠遵从了谁的意志

神啊，我看到那么多人匍匐在青藏高原的斜坡上
内心得到平衡，无论你在与不在

神啊，我的母亲还有那么多亲人，都是默念着
你的名字去世的，无论你在与不在

神啊，我看到早晨最初的光，温暖地照在
枯叶包裹着的虫豸上，无论你在与不在

街区的黄昏

街区的黄昏
在公交车的铁皮上展现出细细的裂纹
公路那边，住宅楼正在向远处
滑行，几乎触及到了未知

临街的民居内，一个老人深陷于雾霾
旧报纸覆盖着
他苍老的脸，无常，衰败。

一个小女孩
还有一个小女孩，在门外的场地上嬉闹

她们跳着，唱着，把人世间消失已久的
欢乐，反复呈现
她们的笑声甜甜的，小小的
含在黄昏的口中

情感以及爱的定义

1

它是什么？情感，爱，人性
是，又不是，它大于
这些词

2

创造这些词，拓展它们背后无限的意义
并把它们楔入灵和肉
这就是艺术史

3

失意的儿子回到母亲身边
母亲望着他，只是说一些家常话。他们不知道
海浪无边，温情的海水
正在灌入

4、

一个老人，一棵古槐
沉默从中间走过。很快，它们就渗入对方
成为对方的一部分

5、

它们走着，有的已经到达
世上所有的路，即使最小的路，也有
它们的身影。一只甲壳虫
在阳光中蠕动

今晚

今晚，某个人脸，避开灯光，在暗处
阴郁地一晃。我想不起那是谁的脸
因为何事；今晚，某一个嗓音
避开灯光，在暗处，阴郁地叫我一声
我不知道这是谁的嗓音，因为何事
这些晃动着的人脸和嗓音，时隐时现
像电影里的慢镜头，有时突然定格
先是燃烧，然后轰然爆炸
回想起我的今生，经历无数
很少会有奇迹发生，而且大多数不可言说
或已忘记。也许，有一些石头内部
蕴含着炸药，好像是静水下埋着水雷
尽管当初我种下的是善良
未来难以确定
我看到那么多人，在我的身边
先后散落，或是倒下，
他们大多是毁于来自身体内部的爆炸
只是人们无法听到，那么惊心
那么平静

高处的箩筐

年根起
饥饿的老鼠们唧唧地叫着

一根细细的铁丝，沾满了岁月和油烟的粘稠
系在两个屋梁之间，铁丝的下面
吊着一只麦草编的箩筐

箩筐里装着年货：全家仅有一点猪肉，鸡，鱼
粉条，馒头，也装着孩子们的目光

这是中原腹地，它们就那样静静地吊着
怪异地吊着。饥饿地吊着

20 世纪 60 年代的光，影，还有薄薄的微尘
罩着它们，猫咪在下面看着

饥饿的老鼠望着箩筐唧唧地叫着。饥饿的乡村
在箩筐里轻轻地睡着

影子回来

重新回来，楼梯飘渺
重新回到二楼圆桌旁的，是我的影子
一个飘渺的影子，受雇于它的身体
像果子受雇于枝头。没有灯光
因为影子拒绝。影子开始重新掂量，还原
身体说过的话，以及话语里的黑洞
和说话时水草在水中摇摆的姿势
重新回来的还有另外一些影子
它们穿门而入，老李，小张，还有
那个总是阴沉着脸的王洪彦
他们都是受雇于一个身体，重新回到这里
还原下午的一个会议，虚无中
寻找可能的破绽，还有疼痛，猜忌
却不会留下痕迹。当影子遇到影子时
相互穿越而过，碰不到对方
现在，它们各自沉重的肉身，正坐在某一个
单元楼内，向着这里张望

向下

很久了，我没有再写颂歌。这
世间，值得称颂的事物已经很少
我反身向下，看到泥土，这身子下，脚下
还有屁股下的泥土啊，越来越低
人越高，泥土就越是低下。我反身向下
看到了宽厚的母腹和生殖，我向里边
喊了一声，有着人世的回声，敲打着木鱼
大平原上，一眼望穿，神，无处藏身
神就居住在泥土中，并在泥土里
写下箴言、万有和律条。泥土躺着
关闭着永恒的门，从不言说
它们由微黄，深暗，和一点点
潮湿的颗粒构成。察看黄土，你
不能用眼睛，只能用心，用命
你只能反身向下，碎成它们中的一粒
那些过于高大，光彩，美丽的事物
不在泥土中，也许只是一些幻象
无法触摸，泥土才是一切存在的真实
许多年后，许多高度之后，我
才重新在庄稼的根部，找到了这种真实
我反身向下，泥土里雷声轰轰
有着蓝天，花朵，鸟鸣。是我们出发
和归来的地址，也是存放
我们死亡的棺材

赝品

那个蒸腾着水气的村庄
那个曾经被路边的勾勾秧，拌了
一跤的村庄，被砍断了头颅
血随着雾霾渗入地下，或隐匿于
天空深处。村庄不亲了，像一个赝品
我看到我的大哥，他脸上的线条
僵硬，木讷，原来那个活泼的大哥呢
被谁置换。这里的夜晚深不可测
像一个个枯井，一定有过非人世的历练
大哥守口如瓶，全部的黄土
不再言说。羊群和它们身上的白
还有草丛中的蝉鸣，并不是真实的
它们被谁置换？听起来多么空洞
像长虫退下的皮，飘散在风中
婴儿一出生就长满了皱纹，爱情
无家可归，真理被重新按回到书本
村庄深处一千年的魂魄，家家压在
箱底的魂魄，已经飘散
村头的几棵楸树，向上跳了几跳
它们想抓着几片云逃走，但没有成功
村西的涧河，用它重金属的身子
向芦苇和岸上的槐树影子
注入黑色的激素

黄土一望

这黄黄的，略带灰暗的泥土
从脚下向远方奔跑，像海浪，没有骑手
从南阳，许昌，到洛阳，开封，安阳
它们一直在奔跑，没有骑手
这黄昏的大地，铁衣无光，蒸馍铺里的
二夹弦，无人承担，也无人流泪
黄土的门啊，关闭了多少人，关闭了多少血
时光因为遥远而格外空洞
平原上，光秃秃的，无遮无拦
藏不住一个隐私，我看不到五千年的古老
也看不到一百年的古老，岁月被模糊了
没有皱纹，没有古宅，没有老树
没有民俗，没有谣曲，也看不到一个祖先
风是新的，路是新的，房屋是新的
人是新的，网络语言是新的
好像一切都在重新开始
有着无限生殖能力的黄土大地啊，为什么
长不出一个皱纹，这里没有记忆
只有现在，全新的现在。那么多的
古城遗迹，也只剩下一个名字
它们的身体和肉体，也随着魂魄和雨水
在地下流逝。这黄黄的，略带灰暗的
泥土，有着铁锈的腥味，那是它
尚未消化完的卷楼铜剑，还有人的

苍老的咳嗽，这深远的空洞的泥土啊
还在关闭。回荡的风，弥合着
所有记忆的裂缝，那个开小四轮的人
一脸黄昏，无人认领

响
器

不留痕迹

我见过那些穿越
河流穿越天空，鸟穿越石头
忧伤穿越雨中的树
不留一点痕迹
有一个人径直向我走来，他
没有面孔，空茫展开街景
他的身体里，有着背后那座大楼
全部的能量和形式，那黑黑的
能量，黑黑的形式，在楼道的拐角处岔开
散发着羊肉烩面的膻味
一个没有面孔的人
手握着前朝人留下的一些账单
还有豫剧唱腔中的休止符
径直向我走来，我无法躲闪
他像影子一样，穿越过我的身体
不留痕迹，消失在不远处
集贸市场的喧嚣中。而一只只
新鲜的萝卜和芹菜，不知要经过
什么样的穿越，才能
走到这里

平原的记忆

村边拐角处，坐在断碑上喝粥的
老人，是移动的平原。大平原用他的眼睛
把一条街道看成空无

像他的麻木，沉寂，石头般静止的黑大氅
断碑上的文字已先行游走，这里
已经没有记忆

月夜，水银般涌动
无数的幽灵在村庄的周边复活，它们来回狂奔
看不到脚印，也听不到喊声

三尺黄土下，有人松开了手
露出白雾茫茫。它们有足够的时光
——三千年或是五千年，用小树林的阴郁思考

白骨上的年代已经模糊
亲人远离，火光退回。平原还在消化着
村庄里吐出来的苦难和久远，用白雾茫茫

平原，一刻不停地消化着
——历史和记忆只剩下一两点细小的灯光

期待

平原上，即使用最小的嗓音咕哝
也会有一些耳朵伸过来倾听

——那是因为有着太多的期待

村庄，河流，老榆树，响器
在期待；人，牛羊，鸡鸭，也在期待

平原上的期待都很胆小，一口气就能吹散
无形，无声，无泪

假若你在平原上行走，就会有泥土
突然站立成人或树，询问前朝的失踪案

假若你在平原上遇到接骨木的花朵突然打开
那一定是某个期待打开的姿势

村西头的那个老人，在夕阳下期待
没有人知道他在期待什么，等着等着就没有了

一头驴的吼叫，传得很远
那些因为无助而隐蔽的事物，才得以短暂地呈现

光秃秃的平原上，期待是一种仪式
是一些村庄的记忆或人的起因

堵车

城市行进在途中，肥大臃肿的身子
卡在金水路窄小的缝隙里
我卡在两条信息之间
无始无终

天空因为混乱的汽笛鸣叫
而阴云密布，梧桐树站成等同的距离
沉思着，景观草在没有人看它时
试图卸下绿色

价格在另一条马路上奔跑
因为速度而发烫，信息在翻滚，涌动
我坐在汽车里等待，各色的嗓音，微信，电话
报纸，广播，电视，把我吹成新的堵点

混凝土的语言，钢筋的语言
利润和疾病的语言，帕萨特紧咬着奥迪，
奥迪紧咬着大公交，我被卡着
无始无终。钢铁水泥正缓慢地渗入我的肉身

马路向西

马路向西，高处的已经散落
发光的物体正在成灰。黄昏
马路向西，匍匐着，像倒下的时针
没有人能够扶起，马路向西
人群被引向空茫的尽头，黑暗之口
吮吸着，消化着烦燥的浊流
路灯用人的喉咙吐痰，小贩在热气中
叫卖着前朝的烧饼，马路向西
青砖，水泥，不断地把建筑物推高
路边的梧桐，回忆着泪水的身世
马路向西，迎面而来的少女
令人生疑，她的鲜亮掩饰着深处的腐烂
虚假的眼睫毛，有着非人类倾向
秋风渐凉，落叶四散，这是一个失败者
内心黯然的风景。马路向西
他经过五个路口，没有看到什么值得仰望
城市拥挤着，时光在缓慢地流逝
马路向西，逐步地降低着海拔的高度
声音和笑容都在往泥土里钻

石壕村访古

杜甫在天上下雨，在
石头里诵诗，崤山在他的诗中
不敢长高，低成了屋顶

沟渠细细的水，从冥冥的高处下来
每一滴都很重，很沉，那是丁当的字和词
绕过村前的打谷场

猛烈的咳嗽，从唐代传来
刮过村前的水泥路面，手指关节
那个有名的叩门声，染着千年风霜

一孔窑洞，亘古的失意
长在幽暗的苔藓里，杜甫铁和泪的词语
与门前闲置的石臼坐在一起

有吏和时光同谋，千年来
夜夜抓人，他们在我的身体里，梦里
拖走了火焰和鸟声

过宋陵

那些异常雄伟的青石结构，那些特别
高大的碑文框架，是一种
遮蔽

帝王和显族的
光影里，基因里，一定会隐藏着某种激素
回溯千年的膨大剂，保鲜膜

石人石马，有的已经残缺
队列涣散，内容掏空，他们开始学习田地里
庄稼的嗓音说话

今天，我路过宋陵，一个朝代只剩下
这么一个土堆，时光的胃还在缓慢地消化着
这个肿块

1000 年了，火焰已经熄灭
要成为一个普通的人，普通的一天或是一个时辰
首先要学会：低于左右的村庄

缓慢地收回

一个人在变老
岁月慢慢地卸下他的武装
卸下向西的河，向东的路，还有
无限和远方

零碎散落一地，这些雨中的花瓣
雨中的枯枝，目光，力量
散落一地

隐隐有响器在黑暗中摸索
他从石阶，房檐，羊圈，虫鸣里
正在缓慢地收回自身的光芒

风从平原上刮过
万物都要收回，得到的就是失去
空无举着黄昏

他在田里转悠，池塘，砖瓦窑，红薯秧
高粱棵，狗狗秧，都要散去
玉米突然哭出了声

一天天，一夜夜
还有那么多的手，那么多的斧头
在他的身体里砍伐一棵树

解读

平原上
在那些尚未打开的棉桃里，溪水中
瓦檐上，才能看到它
——地平线

有时，它伸到平原的外边
或隐匿在云层里，在
苹果的汁液里晃动
在村庄深处的骨头和陶罐里晃动

这是谁的手笔啊，蓝色的虚幻中
向前移动着简洁的线条，那是
界限吗？神的界限

一条简洁的线条，也许
是最为复杂的典籍，需要
平原上的树，房屋，牛羊，小路，河流
去解读，需要一个人
用命去解读

傍晚

熊尔河，原来是河
现在还是河，它流水的样子
尽力地模仿着一些喑哑的
思想，有时会跳上岸
站立成一排排的冬青树
傍晚，落日的余辉
从一堵墙反弹到另一堵墙
然后，沉入黑暗
在今天晚报显要的版面上
一具女尸从上游漂下来
看不清她的脸，也没有姓氏
无人认领。成群的乌鸦
在熊尔河的上空，盘旋
像临时安装的移动监视探头
读着这个城市深处呈现出来的隐密
公园的石头条凳上
一群年轻人在喝啤酒
女尸活过来，混在他们中间
从酒瓶里探出鲜红的嘴唇
她说，她随时
都要回到报纸的版面上

麻雀

你为何总是惊魂未定。大地长天
一个被忽略的未知

你这小小的宇宙之心，小小之忧郁
瓦棱上晃动的斑点

即使飞翔，也是划着逃避的
弧线，即使言说，也是急促而又隐晦

站在细枝上，左看，右看
才敢啄下一粒草籽。脖颈像一个滑动的轴承

你紧缩着身体，困倦，寒冷，刚刚闭了一会儿
小眼睛，又被飘动的树叶惊醒

你这个小人物，低过你自己
算不上价值，是小数点后面剩余的微小利润

我看到那么多的逃离

响
器

我看到村子里那么多逃离
在身体里进行
它们走了，树木带着鸟声
清水带着水缸，黑夜带着灯光
那么多小虫子在收拾行装
从冬到夏，漫长而细致的逃离
使骨头变黑，远方更远
最后的羊群也隐入
白色的符咒。雨水和生殖
下了广州，小河里的黑色素
透过庄稼的根须，向
天空喷射，向人和村庄喷射
他们走了，屋脊兽抽走了
魂魄，只剩下一个黑黑的空壳
门窗松开了闩，虚无进入
狗吠声里有人在黑暗中交易
一两个幽灵，在荒芜的小路上
游荡。世上没有人再记得马营村
它的同胞子女们在异乡的街头相遇
也形同陌路人

马营村的房屋

这些房屋，这些用黄土和砖瓦建造
的房屋，也是用灵魂和肉体建造
用水与火，众多的远方
或人的命，建造的房屋——

它们可以呼吸，感受
甚至悲伤，在人们不注意时
会按照自己的方式行走，有的走得
远一些，来不及返回

爷爷，父亲去世时
带走了一些房屋，他们带走的
只是房屋的抽象部分，以及响器和水
给子孙们留下的是外在的砖石结构
还有瓦檐上的蓝

这些房屋曾经是兽，是马，是龙，是蛇
从四方奔来，有的从天上来，有的是从
黄土下来，在这里聚成一个村落
仍然保持着行走的姿势

村庄里人房不分
凡是从这里走出去的人，都会背着一座
房屋，有时，房屋代替人走路

人的体内隐隐会有开门声

我村的每一座房屋
都有着植物的属性，坐北朝南，向阳
每扇窗户都很辽阔，蔚蓝，即使矮矮的
木格子窗，也能装得下大平原

对岸的那个人

霾是一个强权
在一个人的命里，身体内
建立统治。霾深入一篇文章
先是改变它的主题

而一个声调
一个想法，或是一个人的行为
转化成霾的结构
需要霾细微的形式

霾，浑浊不清
像搅浑了的水。那些地下的事物
地上的事物，人心的事物
被翻腾搅乱后，以极小的颗粒
极小的嘴，漂浮在空气中

金水河对岸的那个人
正在被霾消化着，他在成为
漂浮物之前缓慢地移动
越来越轻

一个没有记忆的人

响
器

此刻，我对着河水
喊，喊我的名字，有许多牛羊
还有叫不出名字的禽类
在水中抬起了头。这么多的我
何时散落于此？我拨开水
水中空无，又以最快的形式弥合
水抹去了我的过去。此刻，我记不起
前生今世，所有的来路
消失在这幽暗的水中，记忆的大门
全部隆隆地关上，没有昨天，没有历史
也没有爱恨情仇，像脚下的景观草
只有现在，只有此时此刻
没有了思考的能力，没有了深度
只剩下空空的躯壳在风中飘
只剩下此时此刻在世界的表面滑行
对面是广州大酒店，它的轮廓
占据了我，在时光的表面
缓缓滑行

梅的香

有香的地方，就有光
有香的地方，就有爱

小小的香，小小的裙裾，小小的爱人
小小的嘴唇，小小的温暖

一点点的香啊，彻骨，透魂
一点点的香啊，千里，万里

香啊，不分你我，不分贫穷
也不分好人和坏人

即使我，满脸皱纹，手提杀人的刀
你也要赐给我一个小小的——香的怀抱

以便使我在那个空间里返老还童
以便使我在那个空间里，追悔，醒悟

五行诗 32 首

岩石

它穿着岩石的衣裳
把已有的嗓音，衣袖，面容，掩藏在岩石中

我曾在山下的人群中
见过它，它有着黄昏的尖下巴
灯火的痕迹

山鸡

山鸡用一双细小的眼睛，警觉，神秘
试探着我

粗哑而沉重
它在灌木丛那边的麦田中，踱步，鸣叫

嗓音里站着冤魂

顺河路

顺河路不会通向永恒
也许会通向昆虫世界里的某一场爱情

向北的院子在升高，几乎摸到了初夏的穹顶

黄昏，那些路上移动着的人，僵直着，半明半暗
像多年以前的我，还没有醒来

乘车

大平原用散开的芦苇丛医治车身的猛烈
月亮是阶段性喘息

他将活着被运送到指定的
地点，女人们把伙食搬到湖水深处

路边的油菜花中遇见旧相好

风吹着

一块镇石在平原上稳稳地压着被风吹乱的绿色纸页

远处的机井房，攥紧拳头，用灰白色酝酿激情
鸟群翻弄着阴郁的文字

风吹着，空空的纸页上，内容被反复地删除
空无消耗着一个人的行走

风景

远山近水用四季更换的图片麻痹我。湖水里
藏着新人们的丝绸

社会用风景肯定

配电房背阴处的积雪呼应着平原上隐含的雨水
麦地反复地被推向高坡上明亮的二月

河滩

初冬，河滩上晾晒旧帐的人，被水化开
水与岸的嘴唇咕哝着

我俯下身子，看到这些细微的沙粒们都还活着

它们让我靠近些，再靠近些
听那穿着衣袍的风声

高大的门楼

高大的门楼下，黑木头们说着清朝的话
当年的进士隐匿在繁复的造型里

古典的手臂溶进了无边的暮色，数行繁体字
穿越过池塘里的薄冰

三五棵风中的芦苇晃动着黑黑的门牙

河边

冒着热气的河水突然停留在往昔
死去的嗓音，在岸边染色的花瓣中醒过来

一只黑鸟从对岸闲置的机井房上空飞过

精确的孤线，勾划出滩地上那个除草人
缓慢地下沉

进入

屋顶，街道，人群，钟声，绵延着

时光，把它们粘合在一个世俗的平面上

进入的缝隙折叠在语言里

今天下午，有一道光
从写作中涌出

河床

冬日的河床，像一个人被强行脱光了衣裳
喳喳叫着的鸟雀们，从清朝，或更早的年代飞过来

有风的大桥下，往昔，有许多晦暗的身体
散落成一个个明亮的水洼

沙层下有情绪在聚集，形成连连的沙丘

斯人

他从湖底来，把自己妆扮成雷声，一身的水气
在一篇文章中洇开

鲜竹叶在风中用儿童的姿势弯向他

天放晴时，他身上那些散落在各处的灵魂配件
　开始活跃，蠕动着想回去

断崖

悬崖的横断面突然沉入黄昏的
身体。头颅沿着纬六路，滚动在向西的风中

写作中止

在桌面幽暗的光影下，那些清朝打扮的人
相互耳语着，在纸页上进进出出

阴阳

蝙蝠的翅膀滑过黄昏的屋檐，那细微的摩擦声
阴阳两界，同时都能听到

活着的人住在村子内，死了的人
住在村子外。有时也会混淆，走错门第

对面那个一脸乌黑的人，他不知道自己背着
　一口棺材

御旨

重又聚合。这些荒芜中

移动的铁，速度，利刃，穿着地狱的黑衣服

它们从清朝来，黑黑的一群
携带着皇帝重新为新世纪草拟的一道御旨

在我打开的一本新书中展开

进山

两棵毛构树，走在一起，密谈着
它们细密的结构和话语的锋芒，在明亮的
空无中，连结又放松

泉水多么富有。对面的小松林里
站着云中的马

风

山中的风，是《道德经》里没有规定的内容
有着无限的含混。它抱着一棵树
并安慰它

风，喝足了山间的泉水，坐在一块岩石上
使它瞬间拥有了财富

山中茅屋

寂静渗入它并修改它，潮湿的窗棂和拱形的屋脊
内质在改变。发着霉味的室内
僵硬的光线，捆着了时光

它受到泉水的教育，开始使用山中的石头走路
秘密地穿行于崇山峻岭中

典籍

山中有未被拆散，未被注释的茫茫典籍
字迹碎为云烟，搁置或封存于
紫云英的气息中

蜜蜂们来来往往地搬运着，在不远处的蜂巢中
把这些内容酿制成蜜

老师

先哲们的碎语
在连绵的高坡上穿着苔藓的衣裳

当一个真理，溪水般地沉入谷底的灌木丛

山顶上高耸的铁青色岩石
会升得更高

筵席

它们已经准备就绪
石头躺下，水站立，野花铺地，云携带着礼仪

没有华贵的宾客，千百年来，它们自己是自己的
宾客，一场不散的筵席
吃着寂静

小草的梦

小草害怕人的脚步。那是大字报开头的黑体字
踩在石头上

比蝗虫和旱灾更为猛烈的，是它们身后
那蚁群般嚎叫着的小号字，像是用灰烬和欲望
组成的强大军队

枫树

一棵枫树与它的随从们，不愿意与我对话

它们有着自己的准则

也许会知道我的此世今生
它们疑虑重重，用叶子反复地
清洗着我的身影

约定

攀援而去的是藤条，刺槐，蒿草，棉柳
它们相互纠结，缠绕，无法分辨
一个非人世的约定

灌木丛中，风反复地推揉着吊在高处细枝上的
大袋蛾，一个未知的摇篮

山行

走在我前面的山民
忽然不见，他和他的影子闪进那块巨大的岩石
劳作的声音传出

被脚步磨光的这条小路
有着身体的柔软和呼吸

定军山下的油菜花

它们只是油菜花
负责油菜花以内的事情：长茎，伸叶，开花
负责：香，黄

不像定军山，二千多年了
还是一腔怨恨

夜读

一本平时不曾被注意的书
紧锁着书中的内容

现在，它被释放出来
在我的房间里散开
漫延到楼下的经五路，翻滚着向西跑去

捕鱼人

捕鱼人的女人，坐在船头，流着鼻涕
计算器上的数字被风吹进河水
翻转着下沉，微小的利润

起伏的芦苇丛，白鹤惊起

后边的一只，纠正着另一只的飞翔

缺席者

那个正在演说着的人
名字叫：缺席
它与它的演说并不存在

谁是在的形状，谁在
你们这些目睹过在的人，在吗

喊我

后来，我听到窗外
有人喊我，开始是人的声音
后来是鸟的声音，树的声音，虫鸣的声音
它们远远近近地喊着
喊声里，水雾茫茫

回乡

爱我的人大多已经远去
活着的变得痴呆

你们，已经抱不住
这些槐花的香。你们，这些路啊，牛羊啊，
鸟鸣啊，已经抱不着这些槐花的香

大风

风太大
有很多事物，飘了起来
我用石头压住我的房子，灯火，文字，姓氏

黎明，我独自站着，像一只锚
压着了水，山又飘起

新修的水塔

粗壮，高大，突兀，一股坚硬的力量
绿树，飞鸟，低矮的农舍
用不同的方式接近它，与它搭话

它俯下身子，像一股暗流
溶入村庄的黄昏

路边的巨石

它的内部极为细腻

却穿着石头强势的衣裳

它喜欢使用大词，或是夸张的尺寸

侧着身，一边明，一边暗。

当我看它时，它立刻又装成坐在台上的人

梅的魂

佛说
一花一世界

梅，用它的香气摊开一部浩繁的千年之书
诗词之书，丹青之书，植物之书

梅，小小的门内
藏着一个魂魄

只是这个时代已不适宜傲雪
——告密的人太多，打小报告的人太多

梅，三三俩俩地回来了，从风雪环绕的
旧体诗词中回来，带着内伤

它们在这里，用身体聚会，用色彩争论
修改着新时代的准则和条文

第三辑

盛产语言的时代

浸满了黑暗的石头

这些浸满了
黑暗的石头，木桩子
这些走失的老榆树，小沙柳
这些幻影中盲目的男人
自以为是的女人
还有你，一个能言善辨的人
一个麻木僵死的人。我置身于你们
置身虚幻之中。我与你们不同

我是一个真实的人
我用真实铺路，走在思想的途中

傍晚的桥洞下

傍晚的光线，轻揉着桥洞下的
寂静，河水停滞
像一个人不再思想

白毛风从桥洞的另一侧吹过来
冰凉的水泥台阶上，一堆破败的棉絮
蠕动着

我看到一双乞丐的眼睛
他像谁？我惊疑这熟悉而混浊的目光
这贫穷的气息，他像谁

他是我的前生，还是我的今世
或是另一个我，我与他有着一个黑暗的通道
在石头里见过面

我曾经伸出过乞讨的手，向黑暗的深处
那寒冷的深处，人的深处，久久地
伸出过一只手

乞丐用苍老的声音说：我就是你所说的
那些深处，我就是你伸出的那只手
你已经无法收回

水的说明书

打开门，便是水
打开门，一排塑料拖鞋连着湖泊

当飞溅的水的说明书，淋过我
我记着了其中的几行

水隆起，一个小小的隆起
月光覆盖着浅浅的水草

隐去名字，潜入，奔跑
风声雨声，却没有挪动一步

水隆起，水里的一盏灯
隐秘的火焰

她独自坐在岸上，像水的说明书中
最后一行

宋陵记

南边是宋庄，北边
是小李庄，它们与宋陵隔着
数声杜鹃

这三角形的地域关联中
沉默走过，遗忘走过，被风雨一再漂洗
在巩义的县志里变异

远近的麦浪提炼着黄金
用于模仿太和殿的圆顶，钟声在黄土里
行走，石人石马默念着过时的文书

宋陵前的马路边
水蜜桃鲜亮，个大，含着露珠
还有农妇的笑，盛在一个椭圆形荆条筐里

一个朝代从土里伸出灰尘的手
与农妇讨价还价

盛产语言的时代

这个时代，盛产语言
无边的语言，杂草一样
春风吹又生。人人都在表演
脱口秀，语言秀，演说家，天才，先知，全能
占据着大地上的高处

远近的建筑物在发烫
无边的语言，滚滚而来，万物都是
开合的嘴唇；每一片树叶都能妙语连珠
鸡鸭牛羊在练习发声，海洋一般
涌动的窗户，万家灯火
都是讲台

杂乱的话语，汇成高分贝
使沉睡千年的地下古尸也坐起来加入嚎叫
无边的话语，染黑了天穹，堵塞了
下水道，天下的文章密不透风
一只鹭鸶鸟，从梧桐树上一头栽下
它死于话语又再生于话语

无边的语言里
我选择沉默，选择语言与语言之间短暂的空白
和安静，可语言在燃烧，有很多的我
在体内争吵。我向一朵紫罗兰溃退
它的花蕊里，忽然又长出
许多的嘴唇

小镇集市

交换平原，交换河流，交换天地，
交换姓氏，交换日子，交换信誉
交换情感，交换
说笑，交换利润，交换辽远

猪头，羊头，鸡，鸭，鱼，水脚萝卜
大白菜，葱，姜，蒜，花生，牛茏嘴，木杈
铁锹，钉耙，背篓，大头鞋，铁锅
架子车，长条凳

高头瓦屋，蒸馍铺，烩面馆，
烧鸡店，庆宾楼，糊辣汤锅，油馍铺子
水果店，镇政府拱形的
大门，绿色邮筒，露天的裁缝店

活着的人，死去的人
脸上有疤的人，没有身体的人
红脸蛋的少女，无业者，小偷，盗贼
赌徒，暴发户，回乡探亲的军人
穿西服的镇政府官员

28 个村庄，7 条小河，99 条小路，3 座庙宇
24 个节令，数不清的坟茔，100 年，1000 年
条文，准则，道德，风俗
仇恨，恩情，姓氏，隐私，方言

曲剧，豫剧，太平调，二夹弦
花旦，老腔，关公，曹孟德，汉武帝
平原上的事物，被唱成哭的，笑的，沉默的
燃烧，熄灭，文字以外，诗之外

无序被有序掌握，有形被无形联结

响
器

兄弟

夜，我与大哥，面对面坐着
他在黑棉袄里，一明一暗地
抽着旱烟

一个树桩子，对着另一个树桩子
相对无语

多年不见，兄弟俩就是这样
沉默地坐着，然后
各自离开，睡去

兄弟之间，无需语言，沉默就是语言
就像大地对着天空
彼此便有了黄金般的给予

全有了，只是相互望一眼
就全有了
胜过一千本书的内容

就像门前的老枣树，即使
最远处的那片叶子
我也能够感受它微小的颤抖

像是一种圆满

彼此望一眼，我就能知道
跑马坡南边那块地里的收成

大哥用沉默告诉我
母亲坟地里的荒草长高了
猪娃生了几窝，河水涨了几次

我时常在我自己的身上认出他
一个矮个子，夏天里从不穿上衣——
卑微，平庸，认死理

遗忘

大平原在黄昏中缓缓摊开一个人的遗忘，风
把天空吹成空无

很多年了
滚烫的响器一遍又一遍地
把小路捋直，把平原上的沟沟坎坎填上欢乐

麦苗绿色的针脚缝补着
窗口的梦。村庄的屋脊上
鹁鸪鸟喳喳的叫声里，站着一场婚礼

没有人记得这里曾经是战场。只是
在黄土里随便踢上一脚，就能
踢出一些陶片，或是喊声

只是在刮风的雨夜，一队没有头颅的散兵
趟过小河，在村头的背风处安营扎寨
敲各家的门

一首诗生成

响
器

一首诗
在汹涌的黑色海面上与风雨生成

当它落在一页纸上
火焰熄灭，河汉无声

窗外的梧桐树枝因为重量而微微下沉

夜晚遇一匹失散的马

有马蹄声传来，像是从地球的另一边
传来，自远而近，最后，在池塘边的幻影中

浮出时光的表面

马匹带着 70 年前的战报和文书，却又字迹模糊
它来自中原一场血腥的战斗

一身的汗水，血水，一身的闪电，嘶鸣

在平原的夜晚行走，你常常会遇到这种
失散的马匹，没有骑手，没有地址

它们选择那些没有灯火的乡村土路行走
不走高速公路，白天就会潜入黄土深处数公里

今夜，在静泊村，桔红色的灯光照着我的枕头
我与那匹失散的马相遇，对视良久

它的主人已经死去了 70 多年，它还在寻找
我哭着跌进了它枪声四起的目光

15 种阳光

1

不要喊它，
也不要赞美。声音
会产下阴影

2

黑暗并没有离去，它还在
它穿着光的衣裳

3

坐在天光中
一个中午，什么也不想
我像是一个不存在的人
一个没有时间和阅历的人
干净，透明，似海洋中的水母
天光覆盖着我，暖暖的，静静的
非人世的音乐，轻轻地摇着我
在这无边的深处，海水的深处
一种黑色，人类普遍的黑

从我的身体内向外渗漏
墨水一样洇开

4

光从绿叶上跳下
嘤嘤地叫着，坐在两位老人之间
扶着他们——
反复地平衡着他们的对话

5

这是被水漂洗过的
一团阳光。坐在我少年时涧水河边的岩石上

它不说笑，只是一团洁净的沉默
因为过于明亮而呈现出金属的黄

它有着苋菜的杆茎折断后流出的汁液
和雨后大地上青草的气味

它的根须扎在天空的深处，与那里的蓝
以及鸟翅，雨水，盘结在一起

它一直挂在那里，洁净，明亮，一尘不染

像一切事物的典范

我写过很多诗篇，最接近人性的地方
就是从那里透过来的光

6

光，是一个身体
它在生长
光的生长，会带动村子中
蓠芭，牲畜，房屋，烟囱的生长
会带动原野，麦苗，芦苇，蒲公英的生长
它们形成合力，使声音和想法向上
形成翻动的漩流

7

晨光
晃动着娇嫩的纤腰
从一片树叶跳到另一片树叶

在场院里，越堆越厚
一个透明的胃，缓慢地消化着
黑黑的草垛

围拢，又散开
相互拥抱，问好，嬉闹
一支没有年龄的队伍

在空气中建筑透明的房屋
鸟鸣是窗户
它移动时，万物移动

凉凉的，暖暖的，顽皮地跑前跑后
从身后抱着我，附在我的耳边
风一般地笑

我不知道，它们
来自哪个村庄
哪个亲人

8

我打开窗子
阳光拥进来。一千个怀抱涌进来

它们带着阳光吃剩下的
草莓上的红——
广大，无边，透明

9

它蹲在高处的岩石上
像一匹怪兽
嘤嘤有声

10

清晨，院子里的构树
捧着天光，鸟鸣，露水，风
捧着泪流满面的我

——这巨大的光啊，神恩啊，华彩啊，节日啊
歌吟遍地
你的话语连着湖水的蓝
你的呼吸连着我的前世今生

11

光，长成了一个新娘
正走在路上。我已经听到了
铜质的锁呐声

12

阳光太亮
有点不太真实

我怀疑这些阳光里
是谁加入了什么化学元素

光，是一种透明的固体，沉甸甸的
鸟被固定在琥珀里

远处的村庄戴着光的枷锁
像是被劫持，押运向黄土深处

牛羊，虫鸣，树，正在还原为水
远处的铁塔是将要被火焰熔化的锡

平原在光的激流中
不断地起伏，不断地塌陷

有一种人类普遍的不安，焦虑
在光海中沉默，等待出发

13

店铺的门窗已经陆续打开

光在前面引路
一首诗的重要部分
在苦艾中行走

14

你在抚摸我的瞬间
我就是一个富有的人。你带来湖水的蓝
和云中的凉意，并在我的房间里
建造看不见的宫殿

15

落日已不像从前那样完整，浑圆
它把一片柿子林推回暗处

它在暗中移动着我，为我准备好了
晚餐，关好房门，静静地
翻开书本

70 年后的今天

那是一把战刀砍在中国人脖子上的声音
迅疾，轻快，奇异

——只有在场的人才能够听到

血，顺着砍断的脖颈突然向上喷出
那是生命在离开人体后
最后的喊声

那空了的身体，仍然穿着黑棉袄的身体
在倒下前，裸露出白色锁骨

一颗头颅在地上滚动，他的嘴
仍然大张着，眼睛大张着
希望自由地呼吸

这颗滚着的头颅，曾经是一个国家，一个
民族，一个人，安放神圣和尊严的地方

这颗带血的头颅滚动着，把整个人类
拖入到了黑暗的深渊

70 年后的今天，在我的脚下
草丛旁，公路边，它还在滚动着

——它的嘴仍然大张着

南襄头

我喊河
也喊我自己

南襄头，我
喊着，喊着——

拍遍一万里的河啊
无人应答

我喊你，曾经的跑马圈地
遍地生殖

我喊你，诗歌的源头
我身体的滩地

河啊，我在命里遇到过你
我在诗篇中遇到过你

南襄头，你的
琴弦为何凌乱，在黄昏中似流还断

你的嗓音低垂，是散开的
身体，话语，思绪，睡梦

像当下诗人们的词语
细小，萎缩，内向，没有光照

河啊，我喊你
把你藏在蚌壳里的魂魄喊出来

河啊，我喊你
把你睡在沙土中的火焰喊出来

祖先们

响
器

时光消磨着先祖们的坟茔
向平原的深处滑去

先祖们种庄稼，不种文字
他们是通过庄稼的习性，叶脉
深入文字抽象的内部

庄稼与文字，是一棵树上的两个枝桠
一个枝桠照着另一个枝桠
在风中摆动

平原上的坟茔相互走动，用朽骨
来翻译人间词话。无论在哪个路口
都能和它们相遇

它们无处不在
只是不说话，紧闭的嘴唇
像无边的黄土，空无，苍茫

沉默是另一种言说，是阴阳两界
达成的无字的契约，在无地
沉默说出了一切

安顿自己

傍晚
空气中含着不安
我能够做的，就是屏着
呼吸，安顿好自己和自己的内心
我要先把内心向西的马路
反复捋直，拐弯处
要把那些毛发捋顺，手要轻
像是给初生的婴儿穿裤子
还要给那些总想散去的小树林
灌以足够的雨水，季节风
以及人的温润的目光
平息它们尚未到来的骚动
这些做完后，再转向河边
安抚那些亮亮的河水，它们是我
前世的身体，未了的情缘
我要给它们一些理由
并再三强调，水的属性和规矩
以防它们突然站立
这时，一只黑鹳飞起
在市区的上空，越飞越高
那是我在愤怒时，
释放出来的一颗黑色炸弹
我要喊它回来，说服它
重新把它摁到
那把靠窗的椅子

沉睡者

睡吧，睡吧
睡是一种引力，一种不断加强的引力

睡，无边无际的黑暗里没有人影

醒是睡，死亡也是睡
有的人，睡了一生

豫剧唱腔里，高音的部分，有人只是
睁了一下眼睛，又睡了

速度睡着，观念睡着，声音睡着
路边的那棵槐树，睡在自己的言说里

我已经睡了很久，我的沉睡
连接古今，与祖先们的骨头在鼾声中溶合

现在我与报纸的版面，睡在一起
身上盖着一层薄薄的水，薄薄的鸟声

对面走过来的那个人

对面走过来的那个人
用不规则的轮廓和影子
抑制着什么

对面走过来的那个人
是一团混乱的词语，欲理还乱
黑鸟横飞

对面走过来的那个人
体内藏匿着 10 桌酒席，一幅字画
几个疑问

对面走过来的那个人
是这个城市的一点油污，并与对面的
一些人，互换着面孔

恶与善

他与人争吵
用语言的暴力砸向那个人
把自己身体的重，辱骂，愤怒
砸向那个人

酒醒后
他又把自己打碎，弄成无数个自己
跟随着自己说出的每一句话，每一个暴力
去寻找那个被伤害的人

即使细小的一个词，一个语气
也有一个歉意的它跟随着，用善意的目光去抚慰
虽然他独自坐在黑暗中

这就是一个小人物的善良和世俗生活
恶与善，同居一处，相互转化
平衡着白天和夜晚

过程

冬日的黄昏
河水断流，露出连绵的沙丘
铺向远方，有时隆起，镀着夕阳
有时又模仿一些哭声；无常，像一些
幻影。这些沙粒细小，微黄，晶莹
像一个个的嘴唇，或是眼睛，被一阵风
吹起，又落下，像是在不断地赶路
脚步有嘤嘤之声。我不知道它们
是谁，沙子里还有别的什么
然而在它们中间，一定会有一些原素
来自我，来自我久远的过去
或是现在；或是来自某一场烟尘
溅起的事故。它们是我多次的破碎
多次的散落，先是失意，倾斜
然后倒塌，再缓慢地
成为细沙

杀人者

我杀人
从不用刀，所以，杀人不见血
先是从我的内部开始，一直杀到
表面的皮肤，最后，再来一个回马枪
我就是那些死者们流淌出来的血
在人间站立，并说话，行走
纵观我的杀人史，我没有杀死过一个敌人
因为我就是敌人，我是我自己的敌人
我杀人，杀死的那个人
藏在我的皮肤内，经常把各种叫声
混在一起，并在混乱的叫声里，呼吸风雨
现在我要杀死你，以便使你与我的叫声
能够从中间地带，突然分开
杀死你，先是慢杀，然后用快刀
之后，我和你又会重新变成青蛙
只一跳，就无踪无影

下移

一座山，看起来更像是一个升高的倾向
一个集中起来的倾向

抽去电源后，山缓慢地松弛下来
很难再回到自然中去

后来，倾向下移，转移到了生殖部分
由生殖分泌出烹饪，享乐

一群不明物突然散开，分散在世间的万物中
像鲜亮的苹果在盘子里淌出的汁液

其实，也就是一件衣裳
穿上了就是倾向，脱下了，就是身体

如今，我们已经不再说东风压倒西风
用女上男下确定了新的方位

夜总会温柔的光线，抱着轻音乐
倾向睡在葡萄酒杯透明的底部

夜哨

豫东商丘，西红柿最初的太阳味
缓和着黎明时的紧急集合
沟沿上铺展着薄霜的草木，被军号声
一再压制。十八岁或者十九岁，被甜菜味
包围，草绿色的棉被里，地图一个
连着一个，它们通向一个人的青春期
大木桶里，有时是包子，有时是白米饭
班长是一个移动的条例，从墙上
下来，走在我们中间，用粗硬的笔画框定我们
副班长是他有力的补充部分
我们全都坐在小木凳上，早请示，晚汇报
任白色的床单，在木制的双人床上
自由地舒展着军容和一个时代的意志
一个班九个人，九个忠诚集中起来
反复地擦拭着那几块窗玻璃
在枪油薰染的深夜，我从睡梦里走向哨位
看管着营区里，白色的睡眠
那时候我还不知道，月光
在这护栏和门框上冷冷的反光，将通向何方
一批一又批的盗贼或是敌人，在窗外
黑暗的夜空中，匍匐前进

老王的档案

老王与我曾是同事，一个精瘦的南方人
来自雨水深处。他的档案跟随着他
并先于他而存在

我不知道人死后，档案
该如何处理。有一年的 1 月，郑州，老王的档案
在雾霾中摸索着

档案与人，与动物一样，会行走
它行走的时候，就是静止，档案的思考
来自雾霾深处那三棵杨树

档案与他的主人，从不谋面，却相互牵扯
永不分离，档案坐在暗处，像水
和杂物，混合在雾霾中

一棵树是另一棵树的档案，一个人是另一个人的
档案，撑握在组织的手中，一棵树与一个人
共同的组织，蓝在天空

老王是一个老旧的缧丝，总是被人移动，拧紧
每拧紧一次，都加重了
身子的倾斜

档案中的词汇很少，像老王一生中能够去到的地方
很少，仅有的几个，也都被固定，像石头
压着纸页

有一天，经七路上人影晃动，像一群无声的僵尸
占据了人行道，它们来自某个单位的
档案室，那里可能是忘了上锁

响
器

花椒树的浓荫

月夜。满满的花椒树的浓荫
高墙下，浓荫因为重叠而显得幽暗

长满青苔的墙外，马路对过，湖水的凉气和水分
加重着花椒树的浓荫

加重着浓荫的还有一个人的身体和他思想的
接缝处，时有时无的空白

隔年的嗓音，一千年的嗓音，古城远去的嗓音
在浓荫里睡着，穿着幽深的衣裳

花椒味的浓荫，是这个城市众多的
辉煌，眼泪，冤曲消失后，留下的一个旧身子

蛐蛐的鸣叫，试图护卫着浓荫里隐含的金属
和雨季里潮湿的地址

有时，不明物从浓荫里走出来，脚步无声
目光像墨水，瞬间把我涂黑

河边公园有感

响
器

穿过市区的河啊
被这些老人们拖着，拽着

流水把老人们的皱纹传递到
远处的菜市场，鸟声里有痰迹

年迈的台阶，低处的风，病弱的
虫鸣，来自一些老人的心

他们散开，三三俩俩，把各自的衰老
固定在铁椅子，或是护栏上

这些移动着的，被火焰焚烧过的
黑色树桩子，传递着灰烬

我偶然来到这里，并不甘心
却被一些衰老的手，抓住，拽着

像一股浊流
汇入另一股浊流

唤醒一首诗

唤醒一首诗，需要
面对多少星空，还有河水中那些不断
移动的沙渚

需要生活中更多的碰撞，争吵，血色素
锅碗瓢勺，以及忍耐力

夜晚
那些尚未被写出的，尚未被阅读的诗歌
斜着身子喊我

一些黑暗中的意象，被猛的弹回到原处
像潮湿的电线，冒出刺刺的火星

一条狗对着某一个形式吠叫
我要换上一两个词，以便让它们的吠叫
像树枝一样有些弧度

剑

一把剑究竟需要渴饮多少血，喊声，思想
才能喂养它的寒光

一把楚国的剑
躺在农业路博物院的展览橱窗里，睡死了

我唤不醒它，在这个新时代里
寻找不到它的旧部

剑柄上已经没有手的温度

夕阳，黄昏，远方，城镇，人心，早已塌陷
没有了高度

我走出博物院，马路上人群涌动
剑的锋芒和道义已被流放，散落

将军

如果你们说：这个人已经衰老
那是他的去年，前年，或是更早的时候
现在，他又活了过来
他自己从自己的旧风景里，旧体制里
活了出来。改革在他的身体内进行
像河水一层层地脱掉自己的
衰老和脏衣裳，一次次地站立
并收获闪电。他在自己内心
一遍遍地召唤旧部，重整山河
把已经陷入泥土，杂草间的残兵
以及散落在民间那些隐姓埋名的丁壮
召唤。在这黄昏的大地上
他收集铁器，欲望，喊声，力量
收集那些失败过的无限的碎片，时光的
碎片，神的碎片，并将它们重新铸成
他的骨头和热血。坐镇一方
铁衣无光，他
是他自己的将军

街景

那个驼背老人
一身的黑，一身的碑文
逐渐稀少的想法，缓慢地移动着
被沦为街景的还有一小堆青菜，中心绿着
像是谁剩下的青春，堆在街角的地上
与小贩，街景，叫卖声挤在一起
这里，没有什么能够起身
枯树，落叶，慵懒的猫，狂野的
小四轮，瘦弱的思想，堆在时间表面的垃圾
还有痖默。三两根电线，越过疲惫的屋脊
把乡政府门楼上的一贯表情，部分文件的
格式内容，传向空茫的远方
一张封条，在街景中延伸，走过二夹弦，
走过蒸馍铺，饺子馆，最后封住了
一个人和他的五金店铺，大红的章子像血
坑坑洼洼的水泥地面，是一个瘫痪，一声咳嗽
没有什么能够起身。这一切
都被沦为街景

蓝

蓝天，是大平原升起的样子，是另一种
平原，和它的表情

蓝天还在推高，推高。蓝，渲染着一切
洗涤着一切，有着很强的马力

蓝之上还是蓝，是一卷关于蓝的书
是万物的底色，它在抵制着什么

无限的蓝，万物的蓝，把它的纤维以及色素
缓缓地注入村庄，树，人，牲畜的内部

蓝是一个哲学，是一种具体的抽象
是自然的表面，它生育，并滋养

蓝，是神祇裸露出来的宽大的衣袖
安排着大地上的事情

第四辑

黄土封门

论主义

那个玩弄艺术的人，玩弄
主义的人，已经占领了这个黄昏的有利地形
幽暗的灌木丛，交错，盘绕
乌鸦的翅膀搅乱着脏水
各种色彩，光斑，风，鸟类，植物
以及人的高矮胖瘦，肤色，种族，声调
都被归类，整理，以各类主义的面目
嚎叫，争吵。一盘炒青菜里
也许含有五种以上的主义
阳光，是浪漫主义
月光，则是现代主义
后现代主义，是阳光和月光的交媾和重建
在主义搭建的房间里，那个玩弄主义的人
面容模糊

涧河

没有一条路，没有一个亲人

我们无法再回去
这些来自涧河上流浪的生命，行走，魂魄，嗓音

所有灯光都已关闭，所有的门窗都已
关闭，包括泪水

它流动得很慢，很沉，像一个中风老人的黑身子

乞丐

一个人在成为乞丐前
一定会放下：整洁的身子，高傲的内心
把自己降低，再降低
当他低于万物，低于这个黄昏
低于纯粹的食物，或一碗清水时
就会有地平线，海拔，河岸，房舍
伸出手来，拉着他

无常的信号

信号，经过时光的漂洗有的越来越弱
有的却尖锐，焦急，燃烧，跳动
村庄在无常的手机信号里

有的并不急于接通，只是在村子里
转转，看看，与老人们一起走走
或是与灯光坐在一起

有的信号长时间停留在院子的门了吊上
像一只蝴蝶。这户人家已经多年没有开门了
院子里长满蒿草

有的在喇叭花上吹响，开出甜蜜
还有带着汗水的微笑，有的在冬夜的狗叫声中
反复站立，跌倒

人们看不见它，却时常被它移动
这个时代的肌体上，它没有血，也没有肉
像一个无限的空无

村庄空了，房屋空了，树空了
鸟声空了，各种信号交替，取代，碰撞
那些外出打工的人，住在信号里

信号里有时很繁华，像一个宫殿，披金戴银
有时又异常贫穷，只剩下一两个哭声
遥远得无法触及

信号在瓦檐上滑倒，又衔在斑鸠的喙中
一年又一年，催得老人们像庄稼那样晃动
孩子们的身体内长满了距离

响
器

酒歌行

之一

城区立起的世纪塔
几百年里有你，几千年里有你，那伏地的民居里
有你。饮水于环形的湖

舀起黄昏
舀起颤抖
灯火通明的酒杯里高楼林立，灯火通明的酒杯外
商城遗址在生育

时间和寂静，嘴唇和嘴唇
水乳交融。背过身，便是长久的分离
背过身，便是城市的黑，城市把自己的酒盏
举向高处

黑暗
生育光明
刚刚发育成熟的一条路，原则上属于
婚姻制度

酒归杯，杯归酒
它们在穿行于一座钢筋水泥的男性建筑时
下起了今年的第一场雨

之二

此刻，它是水
横流

此刻，它是水，被枝头的音乐演奏
燃烧之前的水啊，透明，柔顺
低垂

水啊，它的名字叫黄昏，诞生于床单
燃烧之前的水啊，已经没有骨头
没有抵抗

横流——
它的名字叫黄昏，诞生于四月，诞生于
牡丹花蕊的微颤，此刻它是水
一个人身体有多深
它就有多深

一个小小的杯盏
千里万里，春天有多深，它就有多深
折叠的欢乐，浓缩的家乡

之三

花树月影
媚词艳曲

酒在杯中晃，穿着薄薄的丝绸
风吹不动的丝绸，高高的丝绸，山岳般耸峙的
丝绸，照耀着丰满的月亮

打开丝绸，第一个看到了酒，盛在灯光的碗里
打开丝绸，看到了第一场雪，满满的雪
盛在道德的碗里

你是小小的酒杯，千里万里，碰到我的嘴唇
就会燃烧。你燃烧的样子没有灰烬
额头眼角都是水

你只是小小的酒杯，近在怀中，碰到天上的星星
你又会还原为水，还原为大地
你燃烧的样子全是水

之四

一次又一次，我走在通向你的途中
今晚，多么安静，一棵柳树站在路边

它由风、枝叶、鸟鸣构成，我怀疑它就是你

当我走近你时，你突然散开为满天的星星
或是大地上遍布的湖泊，并一再
成为今晚的中心

我知道你是用世上坚硬的钢铁，制造出来的
最为柔软的丝绸，在你和我的肉体里
建造的皇宫

你是十二个月的回声啊，时光走廊里
十二个月的回声，你是前世的眼泪
经历了最深的忘川和黑暗

今晚，你被我一再传颂，从长江到黄河
细微到你的发丝，被我一再传颂，只是你的身世
住在一滴水里，深藏不露

之五

杯盏里的海
装得下诗律中的李白和苏东坡
他们身后的女人，掩藏于波浪的帘幕

就在今晚，那些波浪后的女人们
被月光照耀的女人们，重新在杯中复活

取代诗歌，成为大海

她们的呼吸由远而近
波浪起伏的海，由远而近
潮汐在丝绸里涌动

就在今晚，那些波浪后的女人们
今生今世的女人们，重新在酒中行走
成为灯光中风生水起的岛屿

就在今晚，岛屿喊着了我，我也喊它
我们一起默念着杯中的诗歌
打开这层层的岩石之门

丝绸后面的岛屿，雨水丰茂的岛屿
拨开生育的暗示，我看到音乐中
隐隐约约的皇宫

就在今晚，你封我为王，杯中的王
赐我以虎符，赐我
这杯中的海域

就在今晚，我率领着我的
军队和马匹，星星月亮——
在虚无中长驱直入

形而上的山影，丝绸中的山影

在音乐中晃动
伸手可触

之六

南方红润，南方阿娜
南方斜靠在满觉垅后山坡的杯盏里

南方，从西湖的潋滟里一次又一次地起身
香气环绕的五月，杯盏在荷叶上
一次又一次地端起

你说，我是北方
我说，我是一个陌生的探险者，我要深入
你的内部，你水声四起的南方

从花港观鱼走到湖心岛，一生的路程
瞬间就能抵达，而一片柳叶下盈盈的湖水
卸下我的武装

软软的吴歌越语里春梦良宵，我是一只燕子
飞翔在你的宽檐下，房东在窗外咳嗽
我把满地的春光折叠

最平坦的地方叫小腹，南方啊，最高耸的地方
叫乳房，我将在那里留下杯盏

灯一样的杯盏

南方啊，只有一次的南方，一次就是一生的
南方，我深入南方的腹地，在窗外的
栀子花蕊里一次又一次地打开

之七

多少次，始终是第一次
我们在杯底相遇。两棵树，抱在一起

风暴从杯底旋起，晃动门窗
看上去，仍然像杯酒一样透明，安静

我在黑暗的旋涡中追逐着你，日行千里
两条鱼，一前一后

我摸到一小片陆地，那里有房屋和炊烟
有着你的小腹一样的平坦

那里有许多的路，每一条，都有你的山脉
与河流，有你的呼吸和幽径

我登上了一条船，航行在波浪上
我们不知道去往何处，每一个方向都是

福祉，都是神的领地。大海啊，盛在一杯酒中
波涛啊，盛在一杯酒中

之八

我像回到了家里
桌子放着三只酒杯
郑州，南阳，洛阳

三只酒杯，三个拱门，三条水系
像三个身体，三道光环里
坐着三个家乡

当我解开第一个纽扣
那时那刻
那些日子

神说有，就有
神说此时此刻，我便拥有此时此刻

我有一千匹马，一千个军队，一千个
钢铁，从拱门通过

我正走在通向三个城的途中
三个城，三个湖水中
一千个马匹

这就是你们所说的天堂，它坐落在
尘世中，在居民楼的一侧
三个纽扣的后边

——由一些微笑和喘息组成

之九

二楼
右侧

世界被推向远处，内心更换了频道

我们曾经在外边游走了几个世纪，现在又回到了
原点，回到了浅浅的皮肤

酒杯凌乱
音乐猛烈

七八个方向，汇成了一个
成百上千个人，凝成一个

我们从皮肤上出发，到酒杯中去睡
雷声敲打着墙壁，一遍遍，猛虎在灯光里喝水

经过洗礼，捶打，那些旧山河，风声水起
草木在斜坡上吹动

喊出来，那些旧歌词经过你的嗓音，我的嗓音
全部变成了水的皮肤

你说，外边冷得很。因为他们只是一个人

我们有两个人，或者是更多的人，这样就可以组成
雷声
组成热烈的，挥汗如雨的季节

这样就能以力量，打倒自己

二楼，右侧，我们在酒杯里，脸对着脸
亮出肝胆

之十

酒中没有仙
我们只是活着，在酒里

天下酒杯
收尽你们，收尽你们这些含有精液气味的
黄昏和夜晚，收尽你们的胁从和传说
还有滑过骨头和血之上的

短暂的意义

把我引渡到哪里
一浪盖过一浪，高过这个时代穹顶的
是杯中的酒，穿着性感的衣裳

睡在桥墩下的男人

响
器

他被驱赶到这里
一个多余的人。在这之前，一定有一把
快刀，砍断了他与人群的关联

那是看不见的血，普遍的血
闪烁不定

市区，桥墩下
水剩下一张皮，风
在不远处的垃圾里摸索

一个男人在桥墩下饮酒
他有两个朋友，一个是拿在手中的酒瓶
另一个是摆在地上的沉默

圆圆的，巨大的的桥墩
巨大的力，与他同在。他数着桥墩
一个，两个，三个，睡着了

明天，或是后天，他也许会重新走进
人群，巨大的桥墩，巨大的力
仍与他同在

所见

那是一个不安，晃动着，那是一个人在反复地
快速地脱着衣裙

啊，暗夜
桥洞中急速地闪烁着的一点灯光

为一个人送行

这个人病着时
每年都要离开我们一点点，一年，二年，三年
他已经在烟波浩淼的水上漂得很远
脸，悬在深水里，像一个炸弹

现在，他已经漂到了火葬场
这里是一个工厂，加工离别，死亡，以及
二者之间恒定的关系，我们这些来送行的人
是工作的机械手

这里，只有一小时的工作
有几个人在低声聊天；我们离死亡很近，伸手可触
一小时的工作，就是加工遗忘的部件
再从手机里删除死者的信息

写作

心要稳
扶着冬天的那棵古槐，扶着虚空中的光
站稳并强大，骨头不再摇晃

回到自我，召集身体的各个部位，感觉
你瞧，前边的那个我，走得太快
左边的那个我，隐入到小树林
喊他们回来，回来
携带着这些——黄昏，溪流，河岸，失意
一同回家

磨利它们，打开那一道道黑漆漆的语言之门

恶人

响
器

我想，我应该原谅他
为了作恶，他最近瘦了许多
眼睛因为害人而泛绿
黑黑的门牙里散布着恼人的臭气
我应该原谅他，作恶也不易
为了陷害别人，他夜夜失眠，夜夜
惊魂。最近做了心脏搭桥手术
今晚，在温和轻柔的灯光下
我显得心平气和，从自己身体里掏出
一把一把爱，喂养他
他逐渐缓了过来，从死亡的躯壳里
又活了过来，起身
然后离开

一个女人的死

死亡之前，我不知道
她经历了什么

一个女人的死，是一个村庄的耻辱
是那些树，喳喳的鸟声，柿子林，阳光，青草
还有那些男人们的耻辱

她喝下了瓶子里的农药
倒地而亡。她的男人哭着，撬开她爱吃零食的嘴
喊着她的名字，灌下一勺勺的粪汤

农药瓶子上那个黑紫色的塑料盖子
就扔在死亡的另一边，我不知道拧开它
需要怎样的黑暗——

那个夏天的夜晚，灶火，云影，麻木
是死亡的同谋；还有低洼处的
雨水，潮湿，绝望，是死亡的同谋

平原啊，村庄啊，一个女人在喝下农药前
是她自己的黑暗，是那棵老枣树的
黑暗，是摸黑时一群鸡鸭的黑暗

中原的黄土

细致，微黄
有的粘在一起，有的分散成
细小的颗粒，暖暖的，低低的

是肌肤，更是一个遥远
中原的黄土啊，看得久了
就会流泪

母亲说：年三十
不可刨地下的土，说不定哪一片土层下
住着神灵

夜晚，你俯身倾听
黄土中依然能够听到自远而近的呼吸声
捧一把黄土，就有脉搏跳动

只是泥土中裸露出的白骨
不知道它是来自哪一个朝代，哪一个
故事中的冤魂

一块汉砖仍在地下游走
三千年不说一句话，一千年挪动
一小步

各个朝代之上，秦砖汉瓦之上

一个小虫子，住在冬天的草根下

夜夜惊魂

老人

旧时代的容貌，表情
还在。他们从村庄的深处，旧棉絮里
走出来。那个蹲在墙根晒太阳的
老人，一百年，一千年了
还在。并使用着同一个姿势
多年前，我从这个影子里
走出来，成为另一个影子
在世上晃荡。这些影子扎根很深
成为混沌的一团，已经
与村庄，往事，牛铃，小四轮
板结在一起。我看到一层一层的黄土
往他的身体里运，一层层的身体
往黄土里运。这黑黑的身体里
是黑夜，冷，咳嗽
他蹲在墙根处，晒太阳
这里距离太阳最近，也最完整
太阳如水，轻烟一般漫过他
他在水中来回地摆渡，一亿公里的太阳
瞬间都能抵达。然而
他却无法握着太阳里的黄金，太阳
也无法溶入他的身体
他们是两种物体，只是交谈
像隔着一条河，谈判
村庄里很静，只剩下老人，风
和身后的土坯墙，他们相互依靠着
一百年，或是一千年

一截木头

滚动，挣扎，叫喊，撕打
一截木头，从山顶上一路滚下来

它依仗自己有很多的理由：一棵树的深度和蓝
以及一棵树的全部力量和正义

很快它就沉寂了，不再申辩
躺在山脚下，缓慢地变黑，腐朽，溶入泥土

我惊讶于这片泥土，你用什么样的理论和观点
说服了一截木头，使它服从于你

一截木头在腐朽前，一定看到了泥土深处的闪电
一定看到了石头里某种不为人知的铁血定律

黄土封门

响
器

我越是走近你
你，越远
我越是走近自己
自己，越远

黄昏的平原上，黄土封门
没有一个入口。我的亲人和朋友们
黄土封门。湖水，村庄，牛羊，黄土封门

远处的那个行人，开四轮的那个人
不知道会沉入哪一片黄土；不要问树上的
那些桐花，它们一开口
就会碎落一地

没有闪电，没有血，没有眼泪，没有质疑
万物，黄土封门；我自己
黄土封门

路边的血

血是弱小的

血流淌出来，或是喷射出来
最后凝结在平安路拐角处的一个石磴子上

那是一个拾荒者的蛇皮袋
圆鼓鼓的，它的口子用细麻绳扎着

血在蛇皮袋上燃烧，哭，并站立
它的主人，无语，躺在血地上

凶手丢下了凶器：凶手就是这些阳光
梧桐树，护栏，沉默

这个傍晚，我与血站在一起
与血一起鲜红，并挽起手

这个傍晚，我将用血作为证词，起诉
平安路：麻木，无耻

我将起诉这里的每一棵树，每一个护栏
每一只窗子，每一盏路灯

血就是证词

速度

地平线上的弧线
在跑，在跳动，燃烧
平原在跑，在喘息，人也在跑
只剩下速度，速度
那些水泥，钢筋，吊车，村庄，飞禽，走兽
都在奔跑，喘息
一刻不停
随便打开一个喊声
里边流出的也都是速度
车轮滚滚，没有一个慢
没有一个怀旧
羊死得太快，牛死得太快
人也死得太快，一眨眼就不见了
一个魂灵刚刚站上高处
就被砍断，一个想法刚刚爬上树梢
树就倒了。大地在旋转
一遍遍地刷新
树在跑，树在追赶着树
屋顶在跑，屋顶在追赶着屋顶
那么多人，和装扮成人的风，光，影子
挤在阳光下奔跑，像湖水那样奔跑
敞开又缝合，缝合又敞开
光影太快，湖水
太快

青草

她们有着轻微的喘息
轻微的光，她们
是河流释放出来的又一批少女

少女们道路般弯曲，辽远
有着碎银子的凌乱
和玻璃的易碎

大地上碧草连天
少女们的皮肤需要青草
来滋养，她们的小脾气需要青草来滋养

她们住在青草上
年年绿
像是芦苇在秋天里微微起身

青草有时纸一样薄
少女们在青草里交换密码，发微信
变成河流之上的水气

一个少女就是一个距离
一个距离，就是一个黑黑的村庄
青草一样千里万里

一只鸟

鸟的鸣叫，也是那些树的鸣叫，岩石的鸣叫
鸣叫连接鸣叫，远处的山峰又把它的鸣叫
传递给更远的山峰

一只鸟被风吹拂的倾斜，也是梧桐树的
倾斜，天空的倾斜，它在树枝上游走，树枝
也在走。有时方向一致，有时相反

一只鸟的深处，四季运行着
雨水运行着，一只鸟飞行在远处湖泊的雾中
有时，是鸟，有时是湖泊中的雾

一头驴和一个诗人

——写在诗人徐玉诺故居

你有很多很多传说
很多诗
一身民国的你，一身传说
村北广袤的莽原上，一头驴
还在走着，你牵着它，还是它牵着你
你们只是走着，一头驴
用命和词语，做成的肉身
一身的民国，一个时代走着，走着
并不直接说出身上的
鞭影，伤口，血
只是暗示你们之间浑成的默许
和两团巨大的阴影。莽原上
你们只是走着，谁是谁的背景
谁是谁的行走，两团
浑成的巨大的阴影，走着
你和一头驴走着，写作的姿态
压得很低，从
中国，河南，平顶山，鲁山
一直低到徐营村，低进
女儿雪荷的病
徐营村其实很大，容得下人类的情感
《将来之花园》，在你书桌一侧的
墨水中洇开。中国新文学最初的

版图上，一头驴走着，它们
只是走着，一身的民国
你把它拴在学校门外的槐树上
有时它把你拴进诗歌中

响
器

壶口瀑布

1
形式就是语言
所有说过的话在这里
都是无力的

2
高出人类所有的颂词
它是它自己的颂词

3
亿万年都在宣讲着
骇世惊俗的秩序和原则

4
把血举到了血的高度
把人还原为人

5
飞鸟在盘旋
那是火焰燃烧后
飘向天空的灰烬

6
那是谁，走了
只留下崖畔几棵矮小的沙枣树
装出谦卑的样子

7
它送我的花朵，我无法
拿到，但我能够闻到那飞溅的含义
和事物上的暗香

8
以此作为背景的村庄
黑影加重
钢铁在锄头上锃亮

9
黄金的宝座啊
后边跟着褴褛的人群
走在回家的路上

阴雨天

墙上的湿斑
在这个阴雨的日子
把细小的可能放大

只是它的声音过于沙哑、含混
与书中的内容，挽起了手
表面，是死去的风

房间，消磨着远方
生活是一些从乌云里透出来的
光，它们分散在我的周围，黄莺般鸣叫

蛐蛐儿，在墙角处
解析着时光的流逝和晦涩的含义

旷野

响
器

地平线上的铁锈，被一些观念
吹弯

光的丝弦，弹奏着
风景中的人

蜗牛在藤叶上爬动时
留下粘粘的湿——

掩埋着一个伟人的思想划过时
留下的痕迹

一场争斗，来自
尚未开花的槐树林内部

怀抱了很久的村庄，缓缓地
裸露出土坯墙上的灰黄

低矮的房屋们挤在一起
灰斑鸠释放着去年天空的蓝

幼苗细小的肩，扛着一个人内心的重
袖着手的乡土路，犹豫地走着

基础

它在你的体内
把结论悬置，像标签一样贴在
你的生活习俗里

这就是我说的村庄
端坐在寄往远处的一封邮件里，日夜
夯实着你的基础

它掌握着事物运行的速度
平衡着昼与夜，用你强忍的泪水
引导光芒

一些随风回来的片段，疼痛，言说
被树叶记下，很快就溶解在
一片牛粪味的透明里

它在暗处用力，使你的神情端庄
用庄稼的脚步，用
流水的声响

城中的路

响
器

狂奔的路
在转弯处，喘息了一会
又往前跑。当它遇到另一条路
两条路，扭打在一起，像两条蛇
各自翘起高高的头

一条路被突然砍断
流出的不是血
而是废钢铁，旧电器，死鸟，损坏的书
还有黑水中浸泡的避孕套

路在奔跑，发烫，呻吟
狂喊着，呓语着，辱骂着
腾空而起，几乎摸到了纪念塔的圆顶

风起时

风起时，天阴雨湿
向西的马路泪水横流
旋起的树叶，把成片的屋顶带上了天空
风起自于一扇窗帘，起自于
一条短信。风起时，繁华
退回到圆铃木的根部，垃圾桶被一个
缓慢的乞丐掏空，世上的婴儿们
转瞬成了孤儿。风起时
我手上的光线变暗，汽车仪表盘指向
多年前的记忆。挡风玻璃上重现
旧时的疑团。风起时
天阴雨湿

有一年冬天

那一年冬天
木床离夜壶，只有
三尺远。父亲带着
雪，寒冷
满身的鸟鸣，被西风吹凉
铜烟袋低垂，他从村东摸到村西
瘸着腿走路，我看到
他在湖水中忙碌的身影
端着油灯照我，深沉的
表情，与年代暗合
他往锅灶里一块一块地填着的木柴
一直燃烧到现在。时光生锈
岁月的尸首在墙壁上变黑
今晚，他来了
混在一阵风里，在嘟哝中
阴郁地晃动。我看不到他抚摸我的手
它隐藏在我曾经用过的
一些旧物里

洛阳牡丹

满满的，是洛阳的牡丹
一千亩的牡丹，一万亩的牡丹，热烈得令人生疑
而真实和美好，总是散乱的
弱小的

在洛阳，牡丹与我说话
一千亩的牡丹，一万亩的牡丹，聚集在一起
它们的话语，满满的，像一些美人，权贵，巨富
话语满满的

我不需要太多
过于高大美丽的事物往往需要警惕
我不要你们的万树千花，只要其中最小的一朵
像人间一个温暖的细节

黑松林

黑黑的一片
黑松林，像云，像雾
遮住了发言者的脸，和他的发言
风吹动，沙沙有声，落下一些细枝
这是平原上唯一的暗处，村庄唯一的暗处
依然保留着旧时的包裹，母亲的蓝头巾
湿湿的泥土和惊飞的黑鸟
它们像一群来路不明者，或是离散的老人
突然到来，在会议记录者那潦草的字迹里
茫然而无助。风雪之夜，它们
像一群大大咧咧的醉汉，高声地
说着，喊着，人们从不敢说出的大词
会议结束时，发言者没有觉察到
人们拉动凳子的声音
使黑松林四散惊逃

黄昏的塔

1

即使站在塔顶也看不到我的村庄
我在塔内找到了。那是第十九层幽暗的接缝处
一个爬行的小虫子

2

一把直立的钥匙，闲置在万家灯火之上
它在摸索，像一位老人颤抖的手
它找不到锁

3

我的到来，使整个塔身忽然盲目
它站在十字街口的人流中翻阅着古旧的经典
回忆，思索

4

傍晚，塔身黑了，它的从容和坚定来源于
远处河流上空的几点暮鸦

词语

你们脱落很久了
你们隐姓埋名，与时间锈在一起
散落于各自的暗处。我重新
召集你们，聚拢你们，做你们的王
我给你们人的体温和轻柔
让你们从附近的流水中找到各自的
骨头，血，肉，以便站立起来

我活在你们中间

河问

你是你吗
你是一条河流
为什么回不到河流本身
你是一条大水
为什么回不到水的本身

河啊，你身上的铁锈、意义
压弯了黄昏
我，无法引领你回家

我是你吗
我是你说话的样子，还是行走的脚步

你的中心在哪
你的边缘在哪里
黑漆漆的大门开向哪个方向

一年又一年，你向我那个谦卑的
小村庄，衣襟破旧的小村庄
卸下了什么？又带走了什么

风灯提着我呀，在大水的深处摸索着
摸到的为什么都是黄土

水雾茫茫里，可是埋着另一些我
那些从未见面的我，都是用黄土做成

黎明的船仓里，一场官司正在进行
起诉流水的人为何隐于无形

河啊，你为什么把那么多的
典籍，准则，道德
安放在我的命里，让我在你的岸边
孤独地徘徊

你为什么把我囚禁于
茫茫盐碱地上的一盏风灯

河啊，你在我的体内流动
为什么总是那样不着一言
却已说出了全部

你以何种方式规定着
我生命中的细密结构

你以何种方式规定着高处的屋脊兽
简约的造型，和人的内心
那明明暗暗的曲折回廊

刽子手们的屠刀在监斩台上
砍断一个人血之后

为什么流淌出的都是黄土

黄沙绵绵
你为什么还要把它们裂变成更多的原子
成为杀人的凶器

那些迅速裂变的原子啊，裂变的人啊
观念啊，欲望啊
何时已经占领了人类的高地

河啊，你向我内心运送的
黄土，风沙，色素
为什么比黄土的本身还要多

在我开口说话之前，你以何种方式
已经修改了我将要说出的话语
在我开始写作之前，你以何种方式
已经修改了我将要写出的文字

在壶口，那个血流满面的人
那个对我说出了闪电般警句的人
谁能破译？千百年来在你那黄色的
面具后边，究竟隐藏着什么

你为何要对我守口如瓶
你使用什么样的流速把一支支令牌
按时运送到我生命的各个驿站

你使用什么样的形式把大地上的苦难
打磨成盐碱地上流亡者的莲花落

河啊，你为何采取
流沙的形式，死鱼的形式
向我传达严酷的律令

你这从天而降的无字天书
记载了哪些内容
何处是你暗自藏匿的副本

你在唐乃海暗色的礁石上
亿万年的冲刷打磨
最后留下的是不是真理的形状

一只水鸟在午夜的流水上尖锐地鸣叫
它是否已经喊出了河流的隐秘

你随便在一片绿叶上酝酿出的诗句
为什么一出口就电闪雷鸣

比鹰飞得更高的为什么是流水
比鹰更锐利的为什么是流水

谁能够看到大峡谷深处黑暗的内脏
以及它对流水所进行的巨大工程

它究竟在流水里加入了什么神秘的元素

那神秘的河图究竟是何人绘制
尘封的息壤，禹王的锸
被女祸的彩石补过的天空
那些深深的裂痕为什么仍在人间

在小浪底大坝前，忧郁，彷徨，聚集
你为什么又失声痛哭

河啊，你经历了我的命
这一段混浊的里程，水雾茫茫里
看到了什么

在洪水的联盟，洪水的九月，洪水的村庄
我一次又一次地葬身于鱼腹
为什么还在大地上行走

我是谁
是谁在我的遗址上建立起暮雨晨钟
我是在用谁的嗓音高声说话

河啊，你用雨水和五谷点亮我的生命
你用硪曲和忍冬反复论证的我的履历
为什么又要反复涂改

在流水的深处，我为何一无所有

向天乞讨，向地乞讨，向时间乞讨
向他人乞讨，向爱乞讨

响
器

是谁代表村庄和羊群
与河流会晤？高大的谈判桌上
堆满了死亡的托词

在河底隐性埋名已久的古沉船
为什么又在村庄的饭场上开口说话

一千里的河床上为什么死鱼遍地
一千里的河床上为什么弦断音消

你在黎明前的檐雨里说出的隐喻
是不祥之兆还是幸福的前奏

流水上的黄金在歌唱，流水上的黄金
把人群照亮，它们究竟是什么

河啊，面对万有你为什么说空无
河啊，面对空无你为什么说万有

穿过蜂拥而来的日子和流沙上的白骨
走过一生，为什么我还在原处

你使用词语建造我内心的强大，为什么
要用无边的流沙和散落来阐释

你带领着我在流水上行走
我所追随的圣贤，时常在他们的
词语里流连。回首时
为什么他们的脸上充满了淫邪和晦暗
那些箴言，为什么突然变成了石头

在这流动而幽暗的书页上
为什么记载的都是历史老人伟岸的身影
和他们大理石般的光滑和坚硬

你带领着我在流水上行走
在流水上写作，蚁群般的文字
为什么一个个都带着厚厚的硬壳
我何时才能触摸到它们柔软的肉体

河啊，这痛苦和欢乐的两只轮子
将要把我带向何处，何处才是我的归宿

太阳和月亮既然永远不会相遇
阴阳为什么会在一件事物上同驻

为何结束就是开始
为何光明只是黑暗的隐语
为何花朵的盛开就是枯萎的过程
为何沉睡时更清醒

为何一个人即使走得再远
也会被河流轻易地收回来

大河上人影晃动
人们带着这些巨大的
疑问，又纷纷上路
千万年啊，答案究竟握在谁的手中